U0565814

许地山 小传

原名许赞堃，字地山，笔名落华生。生于台湾台南，后迁居福建龙溪（今漳州）。许地山是中国现代著名小说家、散文家，是"五四"新文学运动先驱者之一。

1917年，入燕京大学学习。与郑振铎、瞿秋白、耿济之等人共同编辑青年读物《新社会》旬刊，并积极投入"五四"运动。

1921年，他和沈雁冰、叶圣陶、郑振铎等12人在北平发起成立文学研究会，并创办《小说月报》。其间，写了很多"为人生"的作品，平民主义、人道主义思想得到充分彰显。这几年也是许地山创作的第一次高潮时期，他写了12篇短篇小说，结集为《缀网劳蛛》；44篇散文，结集为《空山灵雨》，其中，脍炙人口的《落花生》收入小学语文教材。

先后入哥伦比亚大学和牛津大学学习，深入涉猎宗教史、人类学、民俗学等哲学或社会科学。回国后，担任燕京大学教授，同时致力于文学创作。1935年赴香港大学任教。

七七事变后，他担任中华全国文艺界抗敌协会香港分会常务理事，为抗日救国事业奔走呼号，展开各项组织和教育工作，并兼任香港中英文化协会主席。1941年，不幸因心脏病逝于香港。

许地山一生著述甚丰。代表作主要有短篇小说集《缀网劳蛛》《商人妇》、散文集《空山灵雨》，编著《中国道教史》（上）、《印度文学》等，译著《二十夜问》《太阳底下降》《孟加拉民间故事》等。

总主编 何向阳

本册主编 吴义勤

百年中篇小说名家经典

BAINIAN
ZHONGPIAN
·
XIAOSHUO
MINGJIA JINGDIAN

许地山 著

CHUN

春

TAO

桃

河南文艺出版社
·郑州·

一种文体与
一百年的民族记忆

何向阳 （丛书总主编）

　　自 20 世纪初，确切地说，自 1918 年 4 月以
鲁迅《狂人日记》为标志的第一部白话小说的
诞生伊始，新文学迄今已走过了百年的历史。
百年的历史相对于古老的中国而言算不上悠
久，但 20 世纪初到 21 世纪初这个一百年的文
化思想的变化却是翻天覆地的，而记载这翻天
覆地之巨变的，文学功莫大焉。作为一个民族
的情感、思想、心灵的记录，从小处说起的小
说，可能比之任何别的文体，或者其他样式的
主观叙述与历史追忆，都更真切真实。将这一

百年的经典小说挑选出来,放在一起,或可看到一个民族的心性的发展,而那可能被时间与事件遮盖的深层的民族心灵的密码,在这样一种系统的阅读中,也会清晰地得到揭示。

所需的仍是那份耐心。如鲁迅在近百年前对阿 Q 的抽丝剥茧,萧红对生死场的深观内视,这样的作家的耐心,成就了我们今天的回顾与判断,使我们——作为这一古老民族的每一个个体,都能找到那个线头,并警觉于我们的某种性格缺陷,同时也不忘我们的辉煌的来路和伟大的祖先。

来路是如此重要,以至小说除了是个人技艺的展示之外,更大一部分是它对社会人众的灵魂的素描,如果没有鲁迅,仍在阿 Q 精神中生活也不同程度带有阿 Q 相的我们,可能会失去或推迟认识自己的另一面的机会,当然,如果没有鲁迅之后的一代代作家对人的观察和省思,我们生活其中而不自知的日子也许更少苦恼但终是离麻木更近,是这些作家把先知的写下来给我们看,提示我们这是一种人生,但也还有另一种人生,不一样的,可以去尝试,可以去追寻,这是小说更重要的功能,是文学家个人通过文字传达、建构并最终必然参与到的民族思想再造的部分。

我们从这优秀者中先选取百位。他们的目光是不同的，但都是独特的。一百年，一百位作家，每位作家出版一部代表作品。百人百部百年，是今天的我们对于百年前开始的新文化运动的一份特别的纪念。

而之所以选取中篇小说这样一种文体，也是出于这个原因。

中篇小说，只是一种称谓，其篇幅介于长篇小说和短篇小说之间，长篇的体积更大，短篇好似又不足以支撑，而介于两者之间的中篇小说兼具长篇的社会学容量与短篇的技艺表达，虽然这种文体的命名只是在 20 世纪的七八十年代才明确出现，但三四十年间发展迅速，其中的优秀作品在不同时期或年份涵盖长、短篇而代表了小说甚至文学的高峰，比如路遥的《人生》、张承志的《北方的河》、莫言的《透明的红萝卜》、韩少功的《爸爸爸》、王安忆的《小鲍庄》、铁凝的《永远有多远》等等，不胜枚举。我曾在一篇言及年度小说的序文中讲到一个观点，小说是留给后来者的"考古学"，它面对的不是土层和古物,但发掘的工作更加艰巨,因为它面对的是一个民族的精神最深层的奥秘,作家这个田野考察者,交给我们的他的个人的报告,不啻是一份份关于民族心灵潜行的记录,而有一天,把这些"报告"收集起来的我们会发现,它是一份长长的报告,在报告的封面上应写着"一个民族的精神考古"。

一百年在人类历史上不过白驹过隙,何况是刚刚挣得名分的中篇小说文体——国际通用的是小说只有长、短篇之分,并无中篇的命名,而新文化运动伊始直至 70 年代早期,中篇小说的概念一直未得到强化,需要说明的是,这给我们今天的编选带来了困难,所以在新文学的现代部分以及当代部分的前半段,我们选取了篇幅较短篇稍长又不足长篇的小说,譬如鲁迅的《祝福》《孤独者》,它的篇幅长度虽不及《阿 Q 正传》,但较之鲁迅自己的其他小说已是长的了。其他的现代时期作家的小说选取同理。所以在编选中我也曾想,命名"中篇小说名家经典"是否足以囊括,或者不如叫作"百年百人百部小说",但如此称谓又是对短篇小说的掩埋和对长篇小说的漠视,还是点出

"中篇"为好。命名之事,本是予实之名,世间之事,也是先有实后有名,文学亦然。较之它所提供的人性含量而言,对之命名得是否妥帖则已显得不那么重要了。

值此新文化运动一百年之际,向这一百年来通过文学的表达探索民族深层精神的中国作家们致敬。因有你们的记述,这一百年留下的痕迹会有所不同。

感谢河南文艺出版社,感动我的还有他们的敬业和坚持。在出版业不免利益驱动的今天,他们的眼光和气魄有所不同。

2017 年 5 月 29 日　郑州

目录

敏明坐在席上，手里拿着一本《八大人觉经》，流水似的念着。她的席在东边的窗下，早晨的日光射在她脸上，照得她的身体全然变成黄金的颜色。她不理会日光晒着她，却不歇地抬头去瞧壁上的时计，好像等什么人来似的。

那所屋子是佛教青年会的法轮学校。地上满铺了日本花席，八九张矮小的几子横在两边的窗下。壁上挂的都是释迦应化的事迹，当中悬着一个卐字徽章和一个时计。一进门就知那是佛教的经堂。

敏明那天来得早一点，所以屋里还没有人。她把各样功课念过几遍，瞧壁上的时计正指着六点一刻。她用手挡住眉头，望着窗外低声地说："这时候还不来上学，莫不是还没有起床？"

敏明所等的是一位男同学加陵。他们是七八年的老同学，年纪也是一般大。他们的感情非常的好，就是新来的同学也可以瞧得出来。

"铿铛……铿铛……"一辆电车循着铁轨从北而来，驶到学校门口停了一会。 一个十五六岁的美男子从车上跳下来。他的头上包着一条苹果绿的丝巾；上身穿着一件雪白的短褂；下身围着一条紫色的丝裙；脚下踏着一双芒鞋，俨然是一位缅甸的世家子弟。 这男子走进院里，脚下的芒鞋拖得啪嗒啪嗒地响。 那声音传到屋里，好像告诉敏明说："加陵来了！"

敏明早已瞧见他，等他走近窗下，就含笑对他说："哼哼，加陵！ 请你的早安。 你来得算早，现在才六点一刻咧。"加陵回答说："你不要讥诮我，我还以为我是第一早的。"他一面说一面把芒鞋脱掉，放在门边，赤着脚走到敏明跟前坐下。

加陵说："昨晚上父亲给我说了好些故事，到十二点才让我去睡，所以早晨起得晚一点。 你约我早来，到底有什么事？"敏明说："我要向你辞行。"加陵一听这话，眼睛立刻瞪起来，显出很惊讶的模样，说："什么？ 你要往哪里去？"敏明红着眼眶回答说："我的父亲说我年纪大了，书也念够了，过几天可以跟着他专心当戏子去，不必再像从前念几天唱几天那么劳碌。 我现在就要退学，后天将要跟他上普朗去。"加陵说："你愿意跟他去吗？"敏明回答说："我为什么不愿意？ 我家以演剧为职业是你所知道的。 我父亲虽是一个很有名、很能赚钱的俳优，但这几年间他的身体渐渐软弱起来，手足有点不灵活，所以他愿意我和他一块儿排演。我在这事上很有长处，也乐得顺从他的命令。"加陵说："那么，我对于你的意思就没有换回的余地了。"敏明说："请你不必为这事纳闷。我们的离别必不能长久的。仰光是一所大城，我父亲和我必要常在这里演戏。有时到乡村去，也不过三两个星期就回来。这次到普朗去，也是要在那里耽搁八九天。请你放心……"

加陵听得出神，不提防外边早有五六个孩子进来，有一个顽皮的孩子跑到他们的跟前说："请'玫瑰'和'蜜蜂'的早安。"他又笑着对敏明说："'玫瑰'花里的甘露流出来咧。"——他瞧见敏明脸上有一点泪痕，所以这样说。西边一个孩子接着说："对呀！怪不得'蜜蜂'舍不得离开她。"加陵起身要追那孩子，被敏明拦住。她说："别和他们胡闹。我们还是说我们的罢。"加陵坐下，敏明就接着说："我想你不久也得转入高等学校，盼望你在念书的时候要忘了我，在休息的时候要记念我。"加陵说："我决不会把你忘了。你若是过十天不回来，或者我会到普朗去找你。"敏明说："不必如此。我过几天准能回来。"

说的时候，一位三十多岁的教师由南边的门进来。孩子们都起立向他行礼。教师蹲在席上，回头向加陵说："加陵，昙摩蜱和尚叫你早晨和他出去乞食。现在六点半了，你快去罢。"加陵听了这话，立刻走到门边，把芒鞋放在屋角的架上，随手拿了一把油伞就要出门。教师对他说："九点钟就得回来。"加陵答应一声就去了。

加陵回来，敏明已经不在她的席上。加陵心里很是难过，脸上却不露出什么不安的颜色。 他坐在席上，仍然念他的书。 晌午的时候，那位教师说："加陵，早晨你走得累了，下午给你半天假。"加陵一面谢过教师，一面检点他的文具，慢慢地走回家去。

加陵回到家里，他父亲婆多瓦底正在屋里嚼槟榔。 一见加陵进来，忙把沫红唾出，问道："下午放假么？"加陵说："不是，是先生给我的假。 因为早晨我跟县摩蜱和尚出去乞食，先生说我太累，所以给我半天假。"他父亲说："哦，县摩蜱在道上曾告诉你什么事情没有？"加陵答道："他告诉我说，我的毕业期间快到了，他愿意我跟他当和尚去。 他又说：这意思已经向父亲提了。 父亲啊，他实在向你提过这话么？"婆多瓦底说："不错，他曾向我提过。 我也很愿意你跟他去。 不知道你怎样打算？"加陵说："我现在有点不愿意。 再过十五六年，或者能够从他。 我想再入高等学校念书，盼望在其中可以得着一点西洋的学问。"他父亲诧异说："西洋的学问，啊！ 我的儿，你想差了。 西洋的学问不是好东西，是毒药哟。 你若是有了那种学问，你就要藐视佛法了。 你试瞧瞧在这里的西洋人，多半是干些杀人的勾当，做些损人利己的买卖，和开些诽谤佛法的学校。 什么圣保罗因斯提丢啦，圣约翰海斯苦尔啦，没有一间不是诽谤佛法的。 我说你要求西洋的学问会发生危险就在这里。"加陵说："诽谤与否，在乎自己，并不在乎外人的煽惑。 若是父亲许我入圣约翰海斯苦尔，我准保能持守得住，不会受他们的诱惑。"婆多瓦底说："我是很爱你的，你要做的事情，若是没有什么妨害，我一定允许你。要记得昨晚上我和你说的话。我一想起当日你叔叔和你的白象主（缅甸王尊号）提婆的事，就不由得我不恨西洋人。我最沉痛的是他们在蛮得勒将白象主掳去，又在瑞大光塔设驻防营。瑞大光塔是我们的圣地，他们竟然叫些行凶的人在那里住，岂不是把我们的戒律打破了吗？……我盼望你不要入他们的学校，还是清清净净去当沙门。一则可以为白象主忏悔；二则可以为你的父母积福；三则为你将来往生极乐的预备。出家能得这几种好处，总比西洋的学问强得多。"加陵说："出家修行，我也很愿意。但无论如何，现在决不能办。不如一面入学，一面跟着昙摩蜱学些经典。"婆多瓦底知道劝不过来，就说："你既是决意要入别的学校，我也无可奈何，我很喜欢你跟昙摩蜱学习经典。你毕业后就转入仰光高等学校罢。那学校对于缅甸的风俗比较保存一点。"加陵说："那么，我明天就去告诉昙摩蜱和法轮学校的教师。"婆多瓦底说："也好。今天的天气很清爽，下午你又没有功课，不如在午饭后一块儿到湖里逛逛。你就叫他们开饭罢。"婆多瓦底说完，就进卧房换衣服去了。

原来加陵住的地方离绿绮湖不远。绿绮湖是仰光第一大、第一好的公园，缅甸人叫他做干多支。"绿绮"的名字是英国人替它起的。湖边满是热带植物。那些树木的颜色、形态，都是很美丽，很奇异。湖西远远望见瑞大光，那塔的金色光衬着湖边的椰树、蒲葵，真像王后站在水边，后面有几个宫女持着羽葆随着她一样。此外好的景致，随处都是。不论什么人，一到那里，心中的忧郁立刻消灭。加陵那天和父亲到那里去，能得许多愉快是不消说的。

过了三个月，加陵已经入了仰光高等学校。他在学校里常常思念他最爱的朋友敏明。但敏明自从那天早晨一别，老是没有消息。有一天，加陵回家，一进门仆人就递封信给他。拆开看时，却是敏明的信。加陵才知道敏明早已回来。他等不得见父亲的面，翻身出门，直向敏明家里奔来。

敏明的家还是住在高加因路，那地方是加陵所常到的。女仆玛弥见他推门进来，忙上前迎他说："加陵君，许久不见啊！我们姑娘前天才回来的。你来得正好，待我进去告诉她。"她说完这话就速速进里边去，大声嚷道："敏明姑娘，加陵君来找你呢。快下来罢。"加陵在后面慢慢地走，待要踏入厅门，敏明已迎出来。

敏明含笑对加陵说："谁教你来的呢？这三个月不见你的信，大概因为功课忙的缘故罢？"加陵说："不错，我已经入了高等学校，每天下午还要到昙摩蜱那里……唉，好朋友，我就是有工夫，也不能写信给你。因为我抓起笔来就没了主意，不晓得要写什么才能叫你觉得我的心常常有你在里头。我想你这几个月没有信给我，也许是和我一样地犯了这种毛病。"敏明说："你猜的不错。你许久不到我屋里了，现在请你和我上去坐一会。"敏明把手搭在加陵的肩胛上，一面吩咐玛弥预备槟榔、淡巴菰和些少细点，一面携着加陵上楼。

敏明的卧室在楼西。加陵进去，瞧见里面的陈设还是和从前差不多。楼板上铺的是土耳其绒毯。窗上垂着两幅很细致的帷子。她的奁具就放在窗边。外头悬着几盆风兰。瑞大光的金光远远地从那里射来。靠北是卧榻，离地约一尺高，上面用上等的丝织物盖住。壁上悬着一幅提婆和率斐雅洛观剧的画片。还有好些绣垫散布在地上。加陵拿一个垫子到窗边，刚要坐下，那女仆已经把各样吃的东西捧上来。"你嚼槟榔啵。"敏明说完这话，随手送了一个槟榔到加陵嘴里，然后靠着她的镜台坐下。

加陵嚼过槟榔，就对敏明说："你这次回来，技艺必定很长进，何不把你最得意的艺术演奏起来，我好领教一下。"敏明笑说："哦，你是要瞧我演戏来的。我死也不演给你瞧。"加陵说："有什么妨碍呢？你还怕我笑你不成？快演罢，完了咱们再谈心。"敏明说："这几天我父亲刚刚教我一套雀翎舞，打算在涅槃节期到比古演奏，现在先演给你瞧罢。我先舞一次，等你瞧熟了，再奏乐和我。这舞蹈的谱可以借用'达撒罗撒'，歌调借用'恩斯民'。这两支谱，你都会吗？"加陵忙答应说："都会，都会。"

加陵擅于奏巴打拉（一种竹制的乐器，详见《大清会典图》），他一听见敏明叫他奏乐，就立刻叫玛弥把那种乐器搬来。等到敏明舞过一次，他就跟着奏起来。

敏明两手拿住两把孔雀翎，舞得非常的娴熟。 加陵所奏的巴打拉也还跟得上。 舞过一会，加陵就奏起"恩斯民"的曲调，只听敏明唱道：

> 孔雀！孔雀！你不必赞我生得俊美；
> 我也不必嫌你长得丑劣。
> 咱们是同一个身心，
> 同一副手脚。
> 我和你永远同在一个身里住着，
> 我就是你啊，你就是我。
> 别人把咱们的身体分做两个，
> 是他们把自己的指头压在眼上，
> 所以会生出这样的错。
> 你不要像他们这样的眼光，
> 要知道我就是你啊,你就是我。

敏明唱完，又舞了一会。 加陵说："我今天才知道你的技艺精到这个地步。 你所唱的也是很好。 且把这歌曲的故事说给我听。"敏明说："这曲倒没有什么故事，不过是平常的恋歌，你能把里头的意思听出来就够了。"加陵说："那么，你这支曲是为我唱的。 我也很愿意对你说：我就是你，你就是我。"

他们二人的感情几年来就渐渐浓厚。 这次见面的时候，又受了那么好的感触，所以彼此的心里都承认他们求婚的机会已经成熟。

敏明愿意再帮父亲二三年才嫁，可是她没有向加陵说明。 加陵起先以为敏明是一个很信佛法的女子，怕她后来要到尼庵去实行她的独身主义，所以不敢动求婚的念头。 现在瞧出她的心志不在那里，他就决意回去要求婆多瓦底的同意，把她娶过来。 照缅甸的风俗，子女的婚嫁本没有要求父母同意的必要，加陵很尊重他父亲的意见，所以要履行这种手续。

他们谈了半晌工夫，敏明的父亲宋志从外面进来，抬头瞧见加陵坐在窗边，就说："加陵君，别后平安啊！"加陵忙回答他，转过身来对敏明说："你父亲回来了。"敏明待下去，她父亲已经登楼。 他们三人坐过一会，谈了几句客套，加陵就起身告辞。 敏明说："你来的时间不短，也该回去了。 你且等一等，我把这些舞具收拾清楚，再陪你在街上走几步。"

宋志眼瞧着他们出门，正要到自己屋里歇一歇，恰好玛弥上楼来收拾东西。 宋志就对她说："你把那盘槟榔送到我屋里去罢。"玛弥说："这是他们剩下的，已经残了。 我再给你拿些新鲜的来。"

玛弥把槟榔送到宋志屋里，见他躺在席上，好像想什么事情似的。 宋志一见玛弥进来，就起身对她说："我瞧他们两人实在好得太厉害。 若是敏明跟了他，我必要吃亏。 你有什么好方法叫他们二人的爱情冷淡没有？"玛弥说："我又不是蛊师，哪有好方法离间他们？ 我想主人你也不必想什么方法，敏明姑娘必不至于嫁他。 因为他们一个是属蛇，一个是属鼠的（缅甸的生肖是算日的，礼拜四生的属鼠，礼拜六生的属蛇），就算我们肯将姑娘嫁给他，他的父亲也不愿意。"宋志说："你说的虽然有理，但现在生肖相克的话，好些人都不注重了。 倒不如请一位蛊师来，请他在二人身上施一点法术更为得计。"

印度支那间有一种人叫做蛊师，专用符咒替人家制造命运。 有时叫没有爱情的男女，忽然发生爱情；有时将如胶似漆的夫妻化为仇敌。 操这种职业的人以暹罗的僧侣最多，且最受人信仰。 缅甸人操这种职业的也不少。 宋志因为玛弥的话提醒他，第二天早晨他就出门找蛊师去了。

晌午的时候，宋志和蛊师沙龙回来。 他让沙龙进自己的卧房。 玛弥一见沙龙进来，木鸡似的站在一边。 她想到昨天在无意之中说出蛊师，引起宋志今天的实行，实在对不起她的姑娘。 她想到这里，就一直上楼去告诉敏明。

敏明正在屋里念书，听见这消息，急和玛弥下来，蹑步到屏后，倾耳听他们的谈话。 只听沙龙说："这事很容易办。 你可以将她常用的贴身东西拿一两件来，我在那上头画些符，念些咒，然后给回她用，过几天就见功效。"宋志说："恰好这里有她一条常用的领巾，是她昨天回来的时候忘记带上去的。 这东西可用吗？"沙龙说："可以的，但是能够得着……"

敏明听到这里已忍不住，一直走进去向父亲说："阿爸，你何必摆弄我呢？我不是你的女儿吗？我和加陵没有什么意，请你放心。"宋志蓦地里瞧见他女儿进来，简直不知道要用什么话对付她。沙龙也停了半晌才说："姑娘，我们不是谈你的事。请你放心。"敏明斥他说："狡猾的人，你的计我已知道了。你快去办你的事罢。"宋志说："我的儿，你今天疯了吗？你且坐下，我慢慢给你说。"

敏明哪里肯依父亲的话，她一味和沙龙吵闹，弄得她父亲和沙龙很没趣。不久，沙龙垂着头走出来；宋志满面怒容蹲在床上吸烟；敏明也忿忿地上楼去了。

敏明那一晚上没有下来和父亲用饭。她想父亲终久会用蛊术离间他们，不由得心里难过。她躺在床上翻来覆去。绣枕早已被她的眼泪湿透了。

第二天早晨，她到镜台梳洗，从镜里瞧见她满面都是鲜红色，——因为绣枕褪色，印在她的脸上——不觉笑起来。她把脸上那些印迹洗掉的时候，玛弥已捧一束鲜花、一杯咖啡上来。敏明把花放在一边，一手倚着窗棂，一手拿住茶杯向窗外出神。

她定神瞧着围绕瑞大光的彩云，不理会那塔的金光向她的眼睑射来，她精神因此就十分疲乏。她心里的感想和目前的光融洽，精神上现出催眠的状态。她自己觉得在瑞大光塔顶站着，听见底下的护塔铃叮叮当当地响。她又瞧见上面那些王侯所献的宝石，个个都发出很美丽的光明。 她心里喜欢得很，不歇用手去摩弄，无意中把一颗大红宝石摩掉了。 她忙要俯身去捡时，那宝石已经掉在地上，她定神瞧着那空儿，要求那宝石掉下的缘故，不觉有一种更美丽的宝光从那里射出来。 她心里觉得很奇怪，用手扶着金壁，低下头来要瞧瞧那空儿里头的光景。 不提防那壁被她一推，渐渐向后，原来是一扇宝石的门。

那门被敏明推开之后，里面的光直射到她身上。 她站在外边，往里一瞧，觉得里头的山水、树木，都是她平生所不曾见过的。 她在不知不觉中，已经向前走了几十步。 耳边恍惚听见有人对她说："好啊！ 你回来啦。"敏明回头一看，觉得那人很熟悉，只是一时不能记出他的名字。 她听见"回来"这两字，心里很是纳闷，就向那人说："我不住在这里，为何说我回来？ 你是谁？ 我好像在哪里与你会过似的。 这是什么地方？"那人笑说："哈哈！ 去了这些日子，连自己家乡和平日间往来的朋友也忘了。 肉体的障碍真是大哟。"敏明听了这话，简直莫名其妙，又问他说："我是谁？有那么好福气住在这里。 我真是在这里住过吗？"那人回答说："你是谁？ 你自己知道。 若是说你不曾住过这里，我就领你到处逛一逛，瞧你认得不认得。"

敏明听见那人要领她到处去逛逛，就忙忙答应。 但所见的东西，敏明一点也记不清楚，总觉得样样都是新鲜的。 那人瞧见敏明那么迷糊，就对她说："你既然记不清，待我一件一件告诉你。"

敏明和那人走过一座碧玉牌楼。两边的树罗列成行，开着很好看的花。红的、白的、紫的、黄的，各色齐备。树上有些鸟声，唱得很好听。走路时，有些微风慢慢吹来，吹得各色的花瓣纷纷掉下：有些落在人的身上；有些落在地上；有些还在空中飞来飞去。敏明的头上和肩膀上也被花瓣贴满，遍体熏得很香。那人说："这些花木都是你的老朋友，你常和它们往来。它们的花是长年开放的。"敏明说："这真是好地方，只是我总记不起来。"

走不多远，忽然听见很好的乐音。敏明说："谁在那边奏乐？"那人回答说："那里有人奏乐，这里的声音都是发于自然的。你所听的是前面流水的声音。我们再走几步就可以瞧见。"进前几步果然有些泉水穿林而流。水面浮着奇异的花草，还有好些水鸟在那里游泳。敏明只认得些荷花、鸂鶒，其余都不认得。那人很不耐烦，把各样的东西都告诉她。

他们二人走过一道桥，迎面立着一片琉璃墙。敏明说："这墙真好看，是谁在里面住？"那人说："这里头是乔答摩宣讲法要的道场。现时正在演说，好些人物都在那里聆听法音。转过这个墙角就是正门。到的时候，我领你进去听一听。"敏明贪恋外面的风景，不愿意进去。她说："咱们逛会儿再进去罢。"那人说："你只会听粗陋的声音，看简略的颜色和闻污劣的香味。那更好的、更微妙的，你就不理会了。……好，我再和你走走，瞧你了悟不了悟。"

二人走到墙的尽头，还是穿入树林。他们踏着落花一直进前，树上的鸟声，叫得更好听。敏明抬起头来，忽然瞧见南边的树枝上有一对很美丽的鸟呆立在那里，丝毫的声音也不从它们的嘴里发出。敏明指着向那人说："只只鸟儿都出声吟唱，为什么那对鸟儿不出声音呢？那是什么鸟？"那人说："那是命命鸟。为什么不唱，我可不知道。"

敏明听见"命命鸟"三字，心里似乎有点觉悟。她注神瞧着那鸟，猛然对那人说："那可不是我和我的好朋友加陵么？为何我们都站在那里？"那人说："是不是，你自己觉得。"敏明抢前几步，看来还是一对呆鸟。她说："还是一对鸟儿在那里，也许是我的眼花了。"

他们绕了几个弯，当前现出一节小溪把两边的树林隔开。对岸的花草，似乎比这边更新奇。树上的花瓣也是常常掉下来。树下有许多男女：有些躺着的，有些站着的，有些坐着的。各人在那里说说笑笑，都现出很亲密的样子。敏明说："那边的花瓣落得更妙，人也多一点，我们一同过去逛逛罢。"那人说："对岸可不能去。那落的叫做情尘，若是往人身上落得多了就不好。"敏明说："我不怕。你领我过去逛逛罢。"那人见敏明一定要过去，就对她说："你必要过那边去，我可不能陪你了。你可以自己找一道桥过去。"他说完这话就不见了。敏明回头瞧见那人不在，自己循着水边，打算找一道桥过去。但找来找去总找不着，只得站在这边瞧过去。

　　她瞧见那些花瓣越落越多，那班男女几乎被葬在底下。有一个男子坐在对岸的水边，身上也是满了落花。一个紫衣的女子走到他跟前说："我很爱你，你是我的命。我们是命命鸟。除你以外，我没有爱过别人。"那男子回答说："我对于你的爱情也是如此。我除了你以外不曾爱过别的女人。"紫衣女子听了，向他微笑，就离开他。走不多远，又遇着一位男子站在树下，她又向那男子说："我很爱你，你是我的命。我们是命命鸟，除你以外，我没有爱过别人。"那男子也回答说："我对于你的爱情也是如此。我除了你以外不曾爱过别的女人。"

　　敏明瞧见这个光景，心里因此发生了许多问题，就是：那紫衣女子为什么当面撒谎，和那两位男子的回答为什么不约而同？她回头瞧那坐在水边的男子还在那里，又有一个穿红衣的女子走到他面前，还是对他说紫衣女子所说的话。那男子的回答和从前一样，一个字也不改。敏明再瞧那紫衣女子，还是挨着次序向各个男子说话。她走远了，话语的内容虽然听不见，但她的形容老没有改变。各个男子对她也是显出同样的表情。

　　敏明瞧见各个女子对于各个男子所说的话都是一样，各个男子的回答也是一字不改，心里正在疑惑，忽然来了一阵狂风把对岸的花瓣刮得干干净净，那班男女立刻变成很凶恶的容貌，互相啮食起来。敏明瞧见这个光景，吓得冷汗直流。 她忍不住就大声喝道："哎呀！ 你们的感情真是反复无常。"

敏明手里那杯咖啡被这一喝，全都泻在她的裙上。 楼下的玛弥听见楼上的喝声，也赶上来。 玛弥瞧见敏明周身冷汗，扑在镜台上头，忙上前把她扶起，问道："姑娘你怎样啦？ 烫着了没有？"敏明醒来，不便对玛弥细说，胡乱答应几句就打发她下去。

敏明细想刚才的异象，抬头再瞧窗外的瑞大光，觉得那塔还是被彩云绕住，越显得十分美丽。 她立起来，换过一条绛色的裙子，就坐在她的卧榻上头。 她想起在树林里忽然瞧见命命鸟变做她和加陵那回事情，心中好像觉悟他们两个是这边的命命鸟，和对岸自称为命命鸟的不同。 她自己笑着说："好在你不在那边。 幸亏我不能过去。"

她自经过这一场恐慌，精神上遂起了莫大的变化，对于婚姻另有一番见解，对于加陵的态度更是不像从前。 加陵一点也觉不出来，只猜她是不舒服。

自从敏明回来，加陵没有一天不来找她。 近日觉得敏明的精神异常，以为自己没有向她求婚，所以不高兴。 加陵觉得他自己有好些难解决的问题，不能不对敏明说。 第一，是他父亲愿意他去当和尚；第二，纵使准他娶妻，敏明的生肖和他不对，顽固的父亲未必承认。 现在瞧见敏明这样，不由得不把衷情吐露出来。

加陵一天早晨来到敏明家里，瞧见她的态度越发冷静，就安慰她说："好朋友，你不必忧心，日子还长呢。 我在咱们的事情上头已经有了打算。 父亲若是不肯，咱们最终的办法就是'照例逃走'。 你这两天是不是为这事生气呢？"敏明说："这倒不值得生气。 不过这几晚睡得迟，精神有一点疲倦罢了。"

加陵以为敏明的话是真，就把前日向父亲要求的情形说给她听。 他说："好朋友，你瞧我的父亲多么固执。 他一意要我去当和尚，我前天向他说些咱们的事，他还要请人来给我说法，你说好笑不好笑？"敏明说："什么法？"加陵说："那天晚上，父亲把昙摩蜱请来。 我以为有别的事要和他商量，谁知他叫我到跟前教训一顿。 你猜他对我讲什么经呢？好些话我都忘记了。 内中有一段是很有趣、很容易记的。我且念给你听：

"佛问摩邓曰：'女爱阿难何似？'女言：'我爱阿难眼；爱阿难鼻；爱阿难口；爱阿难耳；爱阿难声音；爱阿难行步。'佛言：'眼中但有泪；鼻中但有洟；口中但有唾；耳中但有垢；身中但有屎尿，臭气不净。'"

"昙摩蜱说得天花乱坠，我只是偷笑。 因为身体上的污秽，人人都有，哪能因着这些小事，就把爱情割断呢？ 况且这经本来不合对我说；若是对你念，还可以解释得去。"

敏明听了加陵末了那句话，忙问道："我是摩邓吗？ 怎样说对我念就可以解释得去？"加陵知道失言，忙回答说："请你原谅，我说错了。 我的意思不是说你是摩邓，是说这

本经合于对女人说。"加陵本是要向敏明解嘲,不意反触犯
了她。 敏明听了那几句经,心里更是明白。 他们两人各有
各的心事,总没有尽情吐露出来。 加陵坐不多会,就告辞回
家去了。

涅槃节近了。 敏明的父亲直催她上比古去,加陵知道敏
明明日要动身,在那晚上到她家里,为的是要给她送行。 但
一进门,连人影也没有,转过角门,只见玛弥在她屋里缝衣
服。 那时候约在八点钟的光景。

加陵问玛弥说:"姑娘呢?"玛弥抬头见是加陵,就陪笑
说:"姑娘说要去找你,你反来找她。 她不曾到你家去吗?
她出门已有一点钟工夫了。"加陵说:"真的么?"玛弥回了
一声:"我还骗你不成。"低头还是做她的活计。 加陵说:
"那么,我就回去等她。 ……你请。"

加陵知道敏明没有别处可去,她一定不会趁瑞大光的热
闹。 他回到家里,见敏明没来,就想着她一定和女伴到绿绮
湖上乘凉。 因为那夜的月亮亮得很,敏明和月亮很有缘;每
到月圆的时候,她必招几个朋友到那里谈心。

加陵打定主意,就向绿绮湖去。 到的时候,觉得湖里静
寂得很。 这几天是涅槃节期,各庙里都很热闹,绿绮湖的冷
月没人来赏玩,是意中的事。 加陵从爱德华第七的造像后面
上了山坡,瞧见没人在那里,心里就有几分诧异。 因为敏明
每次必在那里坐,这回不见她,谅是没有来。

他走得很累,就在凳上坐一会。 他在月影朦胧中瞧见地

下有一件东西，捡起来看时，却是一条蝉翼纱的领巾。那巾的两端都绣一个吉祥海云的徽识，所以他认得是敏明的。

加陵知道敏明还在湖边，把领巾藏在袋里，就抽身去找她。他踏一弯虹桥，转到水边的乐亭，瞧没有人，又折回来。他在山丘上注神一望，瞧见西南边隐隐有个人影，忙上前去，见有几分像敏明。加陵蹑步到野蔷薇垣后面，意思是要吓她。他瞧见敏明好像是找什么东西似的，所以静静伏在那里看她要做什么。

敏明找了半天，随在乐亭旁边摘了一枝优钵昙花，走到湖边，向着瑞大光合掌礼拜。加陵见了，暗想她为什么不到瑞大光膜拜去？于是再蹑足走近湖边的蔷薇垣，那里离敏明礼拜的地方很近。

加陵恐怕再触犯她，所以不敢做声。只听她的祈祷。

女弟子敏明，稽首三世诸佛：我自万劫以来，迷失本来智性，因此堕入轮回，成女人身。现在得蒙大慈，示我三生因果。我今悔悟，誓不再恋天人，致受无量苦楚。愿我今夜得除一切障碍，转生极乐国土。愿勇猛无畏阿弥陀，俯听恳求接引我。南无阿弥陀佛。

加陵听了她这番祈祷，心里很受感动。他没有一点悲痛，竟然从蔷薇垣里跳出来，对着敏明说："好朋友，我听你刚才的祈祷，知道你厌弃这世间，要离开它。我现在也愿意和你同行。"

敏明笑道："你什么时候来的？你要和我同行，莫不你也厌世吗？"加陵说："我不厌世。 因为你的缘故，我愿意和你同行。 我和你分不开。 你到哪里，我也到哪里。"敏明说："不厌世，就不必跟我去。 你要记得你父亲愿你做一个转法轮的能手。 你现在不必跟我去，以后还有相见的日子。"加陵说："你说不厌世就不必死，这话有些不对。 譬如我要到蛮得勒去，不是嫌恶仰光，不过我未到过那城，所以愿意去瞧一瞧。 但有些人很厌恶仰光，他巴不得立刻离开才好。 现在，你是第二类的人，我是第一类的人，为什么不让我和你同行？"敏明不料加陵会来，更不料他一下就决心要跟从她。 现在听他这一番话语，知道他与自己的觉悟虽然不同，但她常感得他们二人是那世界的命命鸟，所以不甚阻止他。 到这里，她才把前几天的事告诉加陵。 加陵听了，心里非常的喜欢，说："有那么好的地方，为何不早告诉我？我一定离不开你了，我们一块儿去罢。"

那时月光更是明亮。 树林里萤火无千无万地闪来闪去，好像那世界的人物来赴他们的喜筵一样。

加陵一手搭在敏明的肩上，一手牵着她。 快到水边的时候，加陵回过脸来向敏明的唇边啜了一下。 他说："好朋友，你不亲我一下么？"敏明好像不曾听见，还是直地走。

他们走入水里，好像新婚的男女携手入洞房那般自在，毫无一点畏缩。 在月光水影之中，还听见加陵说："咱们是生命的旅客，现在要到那个新世界，实在叫我快乐得很。"

现在他们去了！ 月光还是照着他们所走的路；瑞大光远

远送一点鼓乐的声音来；动物园的野兽也都为他们唱很雄壮的欢送歌；惟有那不懂人情的水，不愿意替他们守这旅行的秘密，要找机会把他们的躯壳送回来。

"先生，请用早茶。"这是二等舱的侍者催我起床的声音。 我因为昨天上船的时候太过忙碌，身体和精神都十分疲倦，从九点一直睡到早晨七点还没有起床。 我一听侍者的招呼，就立刻起来，把早晨应办的事情弄清楚，然后到餐厅去。

那时节餐厅里满坐了旅客。 个个在那里喝茶，说闲话：有些预言欧战谁胜谁负的；有些议论袁世凯该不该做皇帝的；有些猜度新加坡印度兵变乱是不是受了印度革命党运动的。 那种唧唧咕咕的声音，弄得一个餐厅几乎变成菜市。我不惯听这个，一喝完茶就回到自己的舱里，拿了一本《西青散记》跑到右舷找一个地方坐下，预备和书里的双卿谈心。

我把书打开，正要看时，一位印度妇人携着一个七八岁的孩子来到跟前，和我面对面地坐下。 这妇人，我前天在极乐寺放生池边曾见过一次，我也瞧着她上船，在船上也是常常遇见她在左右舷乘凉。 我一瞧见她，就动了我的好奇心，因为她的装束虽是印度的，然而行动却不像印度妇人。

我把书搁下，偷眼瞧她，等她回眼过来瞧我的时候，我又装做念书。我好几次是这样办，恐怕她疑我有别的意思，此后就低着头，再也不敢把眼光射在她身上。她在那里信口唱些印度歌给小孩听，那孩子也指东指西问她说话。我听她的回答，无意中又把眼光射在她脸上。她见我抬起头来，就顾不得和孩子周旋，急急地用闽南土话问我说："这位老叔，你也是要到新加坡去么？"她的口腔很像海澄的乡人，所问的也带着乡人的口气。在说话之间，一字一字慢慢地拼出来，好像初学说话的一样。我被她这一问，心里的疑团结得更大，就回答说："我要回厦门去。你曾到过我们那里么？为什么能说我们的话？""呀！我想你瞧我的装束像印度妇女，所以猜疑我不是唐山（华侨叫祖国做唐山）人。我实在告诉你，我家就在鸿渐。"

那孩子瞧见我们用土话对谈，心里奇怪得很，他摇着妇人的膝头，用印度话问道："妈妈，你说的是什么话？他是谁？"也许那孩子从来不曾听过她说这样的话，所以觉得稀奇。我巴不得快点知道她的底蕴，就接着问她："这孩子是你养的么？"她先回答了孩子，然后向我叹一口气说："为什么不是呢！这是我在麻德拉斯养的。"

我们越谈越熟，就把从前的畏缩都除掉。自从她知道我的里居、职业以后，她再也不称我做"老叔"，更转口称我做"先生"。她又把麻德拉斯大概的情形说给我听。我因为她的境遇很稀奇，就请她详详细细地告诉我。 她谈得高兴，也就应许了。 那时，我才把书收入口袋里，注神听她诉说自己的历史。

　　我十六岁就嫁给青礁林荫乔为妻。 我的丈夫在角尾开糖铺。 他回家的时候虽然少，但我们的感情决不因为这样就生疏。 我和他过了三四年的日子，从不曾拌过嘴，或闹过什么意见。 有一天，他从角尾回来，脸上现出忧闷的容貌。 一进门就握着我的手说："惜官（闽俗：长辈称下辈或同辈的男女彼此相称，常加'官'字在名字之后），我的生意已经倒闭，以后我就不到角尾去啦。"我听了这话，不由得问他："为什么呢？ 是买卖不好吗？"他说："不是，不是，是我自己弄坏的。 这几天那里赌局，有些朋友招我同玩，我起先赢了许多，但是后来都输得精光，甚至连店里的生财家伙，也输给人了。 ……我实在后悔，实在对你不住。"我怔了一会，也想不出什么合适的话来安慰他，更不能想出什么话来责备他。

　　他见我的泪流下来，忙替我擦掉，接着说："哎！ 你从来不曾在我面前哭过，现在你向我掉泪，简直像熔融的铁珠一滴一滴地滴在我心坎儿上一样。 我的难受，实在比你更大。 你且不必担忧，我找些资本再做生意就是了。"

　　当下我们二人面面相觑，在那里静静地坐着。 我心里虽有些规劝的话要对他说，但我每将眼光射在他脸上的时候，就觉得他有一种妖魔的能力，不容我说，早就理会了我的意思。我只说："以后可不要再耍钱，要知道赌钱……"

他在家里闲着，差不多有三个月。我所积的钱财倒还够用，所以家计用不着他十分挂虑。他镇日出外借钱做资本，可惜没有人信得过他，以致一文也借不到。他急得无可奈何，就动了过番（闽人说到南洋为过番）的念头。

他要到新加坡去的时候，我为他摒挡一切应用的东西，又拿了一对玉手镯教他到厦门兑来做盘费。他要趁早潮出厦门，所以我们别离的前一夕足足说了一夜的话。第二天早晨，我送他上小船，独自一人走回来，心里非常烦闷，就伏在案上，想着到南洋去的男子多半不想家，不知道他会这样不会。正这样想，蓦然一片急步声达到门前，我认得是他，忙起身开了门，问："是漏了什么东西忘记带去么？"他说："不是，我有一句话忘记告诉你：我到那边的时候，无论做什么事，总得给你来信。若是五六年后我不能回来，你就到那边找我去。"我说："好罢。这也值得你回来叮咛，到时候我必知道应当怎样办的。天不早了，你快上船去罢。"他紧握着我的手，长叹了一声，翻身就出去了。我注目直送到榕荫尽处，瞧他下了长堤，才把小门关上。

我与林荫乔别离那一年，正是二十岁。自他离家以后，只来了两封信。一封说他在新加坡丹让巴葛开杂货店，生意很好。一封说他的事情忙，不能回来。我连年望他回来完聚，只是一年一年的盼望都成虚空了。

邻舍的妇人常劝我到南洋找他去。我一想，我们夫妇离别已经十年，过番找他虽是不便，却强过独自一人在家里挨苦。我把所积的钱财检妥，把房子交给乡里的荣家长管理，就到厦门搭船。

我第一次出洋，自然受不惯风浪的颠簸，好容易到了新加坡。那时节，我心里的喜欢，简直在这辈子里头不曾再遇见。我请人带我到丹让巴葛义和诚去。那时我心里的喜欢更不能用言语来形容。我瞧店里的买卖很热闹，我丈夫这十年间的发达，不用我估量，也就罗列在眼前了。

但是店里的伙计都不认识我，故得对他们说明我是谁和来意。有一位年轻的伙计对我说："头家（闽人称店主为头家）今天没有出来，我领你到住家去罢。"我才知道我丈夫不在店里住，同时我又猜他一定是再娶了，不然，断没有所谓住家的。我在路上就向伙计打听一下，果然不出所料！

人力车转了几个弯，到一所半唐半洋的楼房停住。伙计说："我先进去通知一声。"他撇我在外头，许久才出来对我说："头家早晨出去，到现在还没有回来哪。头家娘请你进去里头等他一会儿，也许他快要回来。"他把我两个包袱——那就是我的行李——拿在手里，我随着他进去。

我瞧见屋里的陈设十分华丽。那所谓头家娘的，是一个马来妇人，她出来，只向我略略点了一个头。她的模样，据我看来很不恭敬，但是南洋的规矩我不懂得，只得陪她一礼。她头上戴的金刚钻和珠子，身上缀的宝石、金、银，衬着那副黑脸孔，越显出丑陋不堪。

她对我说了几句套话，又叫人递一杯咖啡给我，自己在一边吸烟、嚼槟榔，不大和我攀谈。我想是初会生疏的缘故，所以也不敢多问她的话。不一会，嗒嗒的马蹄声从大门直到廊前，我早猜着是我丈夫回来了。我瞧他比十年前胖了许多，肚子也大起来了。他口里含着一支雪茄，手里扶着一根象牙杖，下了车，踏进门来，把帽子挂在架上。见我坐在一边，正要发问，那马来妇人上前向他唧唧咕咕地说了几句。她的话我虽不懂得，但瞧她的神气像有点不对。

我丈夫回头问我说："惜官，你要来的时候，为什么不预先通知一声？是谁叫你来的？"我以为他见我以后，必定要对我说些温存的话，哪里想到反把我诘问起来！当时我把不平的情绪压下，赔笑回答他，说："唉，荫哥，你岂不知道我不会写字么？咱们乡下那位写信的旺师常常给人家写别字，甚至把意思弄错了，因为这样，所以不敢央求他替我写。我又是决意要来找你的，不论迟早总得动身，又何必多费这番工夫呢？你不曾说过五六年后若不回去，我就可以来吗？"我丈夫说："吓！你自己倒会出主意。"他说完，就横横地走进屋里。

我听他所说的话，简直和十年前是两个人。我也不明白其中的缘故：是嫌我年长色衰呢，我觉得比那马来妇人还俊得多；是嫌我德行不好呢，我嫁他那么多年，事事承顺他，从不曾做过越出范围的事。荫哥给我这个闷葫芦，到现在我还猜不透。

他把我安顿在楼下，七八天的工夫不到我屋里，也不和我说话。那马来妇人倒是很殷勤，走来对我说："荫哥这几天因为你的事情很不喜欢。你且宽怀，过几天他就不生气了。晚上有人请咱们去赴席，你且把衣服穿好，我和你一块儿去。"

她这种甘美的语言，叫我把从前猜疑她的心思完全打消。我穿的是湖色布衣，和一条大红绉裙，她一见了，不由得笑起来。我觉得自己满身村气，心里也有一点惭愧。她说："不要紧，请咱们的不是唐山人，定然不注意你穿的是不是时新的样式。咱们就出门罢。"

马车走了许久，穿过一丛椰林，才到那主人的门口。进门是一个很大的花园，我一面张望，一面随着她到客厅去。那里果然有很奇怪的筵席摆设着。一班女客都是马来人和印度人。她们在那里叽里咕噜地说说笑笑，我丈夫的马来妇人也撇下我去和她们谈话。不一会，她和一位妇人出去，我以为她们逛花园去了，所以不大理会。但过了许久的工夫，她们只是不回来，我心急起来，就向在座的女人说："和我来的那位妇人往哪里去？"她们虽能会意，然而所回答的话，我一句也懂不得。

我坐在一个软垫上，心头跳动得很厉害。一个仆人拿了一壶水来，向我指着上面的筵席作势。我瞧见别人洗手，知道这是食前的规矩，也就把手洗了。她们让我入席，我也不知道哪里是我应当坐的地方，就顺着她们指定给我的座位坐下。 她们祷告以后，才用手向盘里取自己所要的食品。 我头一次掬东西吃，一定是很不自然，她们又教我用指头的方法。 我在那里，很怀疑我丈夫的马来妇人不在座，所以无心在筵席上张罗。

筵席撤掉以后，一班客人都笑着向我亲了一下吻就散了。 当时我也要跟她们出门，但那主妇叫我等一等。 我和那主妇在屋里指手画脚做哑谈，正笑得不可开交，一位五十来岁的印度男子从外头进来。 那主妇忙起身向他说了几句话，就和他一同坐下。 我在一个生地方遇见生面的男子，自然羞缩到了不得。 那男子走到我跟前说："喂，你已是我的人啦。 我用钱买你。 你住这里好。"他说的虽是唐话，但语格和腔调全是不对的。 我听他说把我买过来，不由得恸哭起来。 那主妇倒是在身边殷勤地安慰我。 那时已是入亥时分，他们教我进里边睡，我只是和衣在厅边坐了一宿，哪里肯依他们的命令！

先生，你听到这里必定要疑我为什么不死。 唉！ 我当时也有这样的思想，但是他们守着我好像囚犯一样，无论什么时候都有人在我身旁。 久而久之，我的激烈的情绪过了，不但不愿死，而且要留着这条命往前瞧瞧我的命运到底是怎样的。

买我的人是印度麻德拉斯的回教徒阿户耶。 他是一个碴鲁商，因为在新加坡发了财，要多娶一个姬妾回乡享福。 偏是我的命运不好，趁着这机会就变成他的外国古董。 我在新加坡住不上一个月，他就把我带到麻德拉斯去。

阿户耶给我起名叫利亚。 他叫我把脚放了，又在我鼻上穿了一个窟窿，戴上一只钻石鼻环。 他说照他们的风俗，凡是已嫁的女子都得戴鼻环，因为那是妇人的记号。 他又把很好的"克尔塔"（回妇上衣）、"马拉姆"（胸衣）和"埃撒"（裤）教我穿上。 从此以后，我就变成一个回回婆子了。

阿户耶有五个妻子，连我就是六个。 那五人之中，我和第三妻的感情最好。 其余的我很憎恶她们，因为她们欺负我不会说话，又常常戏弄我。 我的小脚在她们当中自然是稀罕的，她们虽是不歇地摩挲，我也不怪。 最可恨的是她们在阿户耶面前拨弄是非，叫我受委屈。

阿噶利马是阿户耶第三妻的名字，就是我被卖时张罗筵席的那个主妇。 她很爱我，常劝我用"撒马"来涂眼眶，用指甲花来涂指甲和手心。 回教的妇人每日用这两种东西和我们唐人用脂粉一样。 她又教我念孟加里文和亚剌伯文。 我想起自己因为不能写信的缘故，致使荫哥有所借口，现在才到这样的地步，所以愿意在这举目无亲的时候用功学习些少文字。 她虽然没有什么学问，但当我的教师是绰绰有余的。

我从阿噶利马念了一年，居然会写字了！ 她告诉我他们教里有一本天书，本不轻易给女人看的，但她以后必要拿那本书来教我。 她常对我说："你的命运会那么塞涩，都是阿拉给你注定的。 你不必想家太甚，日后或者有大快乐临到你身上，叫你享受不尽。"这种定命的安慰，在那时节很可以教我的精神活泼一点。

我和阿户耶虽无夫妻的情，却免不了有夫妻的事。哎！我这孩子（她说时把手抚着那孩子的顶上）就是到麻德拉斯的第二年养的。我活了三十多岁才怀孕，那种痛苦为我一生所未经过。幸亏阿噶利马能够体贴我，她常用话安慰我，教我把目前的苦痛忘掉。有一次她瞧我过于难受，就对我说："呀！利亚，你且忍耐着罢。咱们没有无花果树的福分（《可兰经》载阿丹浩挖被天魔阿扎贼来引诱，吃了阿拉所禁的果子，当时他们二人的天衣都化没了。他们觉得赤身的羞耻，就向乐园里的树借叶子围身。各种树木因为他们犯了阿拉的戒命，都不敢借，惟有无花果树瞧他们二人怪可怜的，就慷慨借些叶子给他们。阿拉嘉许无花果树的行为，就赐它不必经过开花和受蜂蝶搅扰的苦而能结果），所以不能免掉怀孕的苦。你若是感得痛苦的时候，可以默默向阿拉求恩，他可怜你，就赐给你平安。"我在临产的前后期，得着她许多的帮助，到现在还是忘不了她的情意。

自我产后，不上四个月，就有一件失意的事教我心里不舒服，那就是和我的好朋友离别。她虽不是死掉，然而她所去的地方，我至终不能知道。阿噶利马为什么离开我呢？说来话长，多半是我害她的。

我们隔壁有一位十八岁的小寡妇名叫哈那，她四岁就守寡了。她母亲苦待她倒罢了，还要说她前生的罪孽深重，非得叫她辛苦，来生就不能超脱。她所吃所穿的都跟不上别人，常常在后园里偷哭。她家的园子和我们的园子只隔一度竹篱，我一听见她哭，或是听见她在那里，就上前和她谈话，有时安慰她，有时给她东西吃，有时送她些少金钱。

阿噶利马起先瞧见我周济那寡妇，很不以为然。我屡次对她说明，在唐山不论什么人都可以受人家的周济，从不分什么教门。她受我的感化，后来对于那寡妇也就发出哀怜的同情。

有一天，阿噶利马拿些银子正从篱间递给哈那，可巧被阿户耶瞥见。他不声不张，蹑步到阿噶利马后头，给她一掌，顺口骂说："小母畜，贱生的母猪，你在这里干什么？"他回到屋里，气得满身哆嗦，指着阿噶利马说："谁教你把钱给那婆罗门妇人？岂不把你自己玷污了吗？你不但玷污了自己，更是玷污我和清真圣典。'马赛拉'（是阿拉禁止的意思）！快把你的'布卡'（面幕）放下来罢。"

我在里头听得清楚，以为骂过就没事。谁知不一会的工夫，阿噶利马珠泪承睫地走进来，对我说："利亚，我们要分离了！"我听这话吓了一跳，忙问道："你说的是什么意思，我听不明白。"她说："你不听见他叫我把'布卡'放下来罢？那就是休我的意思。此刻我就要回娘家去。你不必悲哀，过两天他气平了，总得叫我回来。"那时我一阵心酸，不晓得要用什么话来安慰她，我们抱头哭了一场就分散了。唉！"杀人放火金腰带；修桥整路长大癞"，这两句话实在是人间生活的常例呀！

　　自从阿噶利马去后，我的凄凉的历书又从"贺春王正月"翻起。　那四个女人是与我素无交情的。　阿户耶呢，他那副黝黑的脸，猬毛似的胡子，我一见了就憎厌，巴不得他快离开我。　我每天的生活就是乳育孩子，此外没有别的事情。　我因为阿噶利马的事，吓得连花园也不敢去逛。

　　过几个月，我的苦生涯快挨尽了！　因为阿户耶借着病回他的乐园去了。　我从前听见阿噶利马说过：妇人于丈夫死后一百三十日后就得自由，可以随便改嫁。　我本欲等到那规定的日子才出去，无奈她们四个人因为我有孩子，在财产上恐怕给我占便宜，所以多方窘迫我。　她们的手段，我也不忍说了。

　　哈那劝我先逃到她姊姊那里。　她教我送一点钱财给她的姊夫，就可以得到他们的容留。　她姊姊我曾见过，性情也很不错。　我一想，逃走也是好的，她们四个人的心肠鬼蜮到极，若是中了她们的暗算，可就不好。　哈那的姊夫在亚可特住。　我和她约定了，教她找机会通知我。

　　一星期后，哈那对我说她的母亲到别处去，要夜深才可以回来，教我由篱笆逾越过去。　这事本不容易，因事后须得使哈那不致于吃亏。　而且篱上界着一行机线，实在教我难办。　我抬头瞧见篱下那棵波罗蜜树有一桠横过她那边，那树又是斜着长上去的。　我就告诉她，叫她等待人静的时候在树下接应。

　　原来我的住房有一个小门通到园里。 那一晚上，天际只有一点星光，我把自己细软的东西藏在一个口袋里，又多穿了两件衣裳，正要出门，瞧见我的孩子睡在那里。 我本不愿意带他同行，只怕他醒时瞧不见我要哭起来，所以暂住一下，把他抱在怀里，让他吸乳。 他吸的时节，才实在感得我是他的母亲，他父亲虽与我没有精神上的关系，他却是我养的。 况且我去后，他不免要受别人的折磨。 我想到这里，不由得双泪直流。 因为多带一个孩子，会教我的事情越发难办。 我想来想去，还是把他驮起来，低声对他说："你是好孩子，就不要哭，还得乖乖地睡。"幸亏他那时好像理会我的意思，不大做声。 我留一封信在床上，说明愿意抛弃我应得的产业和逃走的理由，然后从小门出去。

　　我一手往后托住孩子，一手拿着口袋，蹑步到波罗蜜树下。 我用一条绳子拴住口袋，慢慢地爬上树，到分丫的地方少停一会。 那时孩子哼了一两声，我用手轻轻地拍着，又摇他几下，再把口袋扯上来，抛过去给哈那接住。 我再爬过去，摸着哈那为我预备的绳子，我就紧握着，让身体慢慢坠下来。 我的手耐不得摩擦，早已被绳子锉伤了。

　　我下来之后，谢过哈那，忙忙出门，离哈那的门口不远就是爱德耶河，哈那和我出去雇船，她把话交代清楚就回去了。 那舵工是一个老头子，也许听不明白哈那所说的话。他划到塞德必特车站，又替我去买票。 我初次搭车，所以不大明白行车的规矩，他叫我上车，我就上去。 车开以后，查票人看我的票才知道我搭错了。

　　车到一个小站，我赶紧下来，意思是要等别辆车搭回去。那时已经夜半，站里的人说上麻德拉斯的车要到早晨才开。不得已就在候车处坐下。我把"马支拉"（回妇外衣）披好，用手支住袋假寐，约有三四点钟的工夫。偶一抬头，瞧见很远一点灯光由栅栏之间射来，我赶快到月台去，指着那灯问站里的人。他们当中有一个人笑说："这妇人连方向也分不清楚了。她认启明星做车头的探灯哪。"我瞧真了，也不觉得笑起来，说："可不是！我的眼真是花了。"

　　我对着启明星，又想起阿噶利马的话。她曾告诉我那星是一个擅于迷惑男子的女人变的。我因此想起荫哥和我的感情本来很好，若不是受了番婆的迷惑，决不忍把他最爱的结发妻卖掉。我又想着自己被卖的不是不能全然归在荫哥身上。若是我情愿在唐山过苦日子，无心到新加坡去依赖他，也不会发生这事。我想来想去，反笑自己逃得太过唐突。我自问既然逃得出来，又何必去依赖哈那的姊姊呢？想到这里，仍把孩子抱回候车处，定神解决这问题。我带出来的东西和现银共值三千多卢比，若是在村庄里住，很可以够一辈子的开销，所以我就把独立生活的主意拿定了。

　　天上的诸星陆续收了它们的光，惟有启明仍在东方闪烁着。当我瞧着它的时候，好像有一种声音从它的光传出来，说："惜官，此后你别再以我为迷惑男子的女人。要知道凡光明的事物都不能迷惑人。在诸星之中，我最先出来，告诉你们黑暗快到了；我最后回去，为的是领你们接受太阳的光亮；我是夜界最光明的星。你可以当我做你心里的殷勤的警醒者。"我朝着它，心花怒开，也形容不出我心里的感谢。此后我一见着它，就有一番特别的感触。

我向人打听客栈所在的地方，都说要到贞葛布德才有。于是我又搭车到那城去。我在客栈住不多的日子，就搬到自己的房子去住。

那房子是我把钻石鼻环兑出去所得的金钱买来的。地方不大，只有二间房和一个小园，四面种些露兜树当作围墙。印度式的房子虽然不好，但我爱它靠近村庄，也就顾不得它的外观和内容了。我雇了一个老婆子帮助料理家务，除养育孩子以外，还可以念些印度书籍。我在寂寞中和这孩子玩弄，才觉得孩子的可爱，比一切的更甚。

每到晚间，就有一种很庄重的歌声送到我耳里。我到园里一望，原来是从对门一个小家庭发出来。起先我也不知道他们唱来干什么，后来我才晓得他们是基督徒。那女主人以利沙伯不久也和我认识，我也常去赴他们的晚祷会。我在贞葛布德最先认识的朋友就算他们那一家。

以利沙伯是一个很可亲的女人，她劝我入学校念书，且应许给我照顾孩子。我想偷闲度日也是没有什么出息，所以在第二年她就介绍我到麻德拉斯一个妇女学校念书。每月回家一次瞧瞧我的孩子，她为我照顾得很好，不必我担忧。

我在校里没有分心的事，所以成绩甚佳。这六七年的工夫，不但学问长进，连从前所有的见地都改变了。 我毕业后直到如今就在贞葛布德附近一个村里当教习。 这就是我一生经历的大概。 若要详细说来，虽用一年的工夫也说不尽。

现在我要到新加坡找我丈夫去，因为我要知道卖我的到底是谁。 我很相信荫哥必不忍做这事，纵然是他出的主意，终有一天会悔悟过来。

惜官和我谈了足有两点多钟，她说得很慢，加之孩子时时搅扰她，所以没有把她在学校的生活对我详细地说。 我因为她说的工夫太长，恐怕精神过于受累，也就不往下再问。我只对她说："你在那漂流的时节，能够自己找出这条活路，实在可敬。 明天到新加坡的时候，若是要我帮助你去找荫哥，我很乐意为你去干。"她说："我哪里有什么聪明，这条路不过是冥冥中指导者替我开的。 我在学校里所念的书，最感动我的是《天路历程》和《鲁滨逊漂流记》，这两部书给我许多安慰和模范。 我现时简直是一个女鲁滨逊哪。 你要帮我去找荫哥，我实在感激。 因为新加坡我不大熟悉，明天总得求你和我……"说到这里，那孩子催着她进舱里去拿玩具给他。 她就起来，一面续下去说："明天总得求你帮忙。"我起立对她行了一个敬礼，就坐下把方才的会话录在怀中日记里头。

过了二十四点钟，东南方微微露出几个山峰。 满船的人都十分忙碌，惜官也顾着检点她的东西，没有出来。 船入港的时候，她才携着孩子出来与我坐在一条长凳上头。她对我说："先生，想不到我会再和这个地方相见。岸上的椰树还是舞着它们的叶子；海面的白鸥还是飞来飞去向客人表示欢迎；我的愉快也和九年前初会它们那时一样。如箭的时光，转眼就过了那么多年，但我至终瞧不出从前所见的和现在所见的当中有什么分别。……呀！'光阴如箭'的话，不是指着箭飞得快说，而是指着箭的本体说。光阴无论飞得多么快，在里头的事物还是没有什么改变，好像附在箭上的东西，箭虽是飞行着，它们却是一点不更改。……我今天所见的和从前所见的虽是一样，但愿荫哥的心肠不要像自然界的现象变得那么慢，但愿他回心转意地接纳我。"我说："我向你表同情。听说这船要泊在丹让巴葛的码头，我想到时你先在船上候着，我上去打听一下再回来和你同去，这办法好不好呢？"她说："那么，就教你多多受累了。"

我上岸问了好几家都说不认得林荫乔这个人，那义和诚的招牌更是找不着。我非常着急，走了大半天觉得有一点累，就上一家广东茶居歇足，可巧在那里给我查出一点端倪。我问那茶居的掌柜。据他说，林荫乔因为把妻子卖给一个印度人，惹起本埠多数唐人的反对。那时有人说是他出主意卖的，有人说是番婆卖的，究竟不知道是谁做的事。但他的生意因此受莫大的影响，他瞧着在新加坡站不住，就把店门关起来，全家搬到别处去了。

我回来将所查出的情形告诉惜官，且劝她回唐山去。她说："我是永远不能去的，因为我带着这个棕色孩子，一到家，人必要耻笑我，况且我对于唐文一点也不会，回去岂不要饿死吗？ 我想在新加坡住几天，细细地访查他的下落。若是访不着时，仍旧回印度去。 ……唉，现在我已成为印度人了！"

我瞧她的情形，实在想不出什么话可以劝她回乡，只叹一声说："呀！ 你的命运实在苦！"她听了反笑着对我说："先生啊，人间一切的事情本来没有什么苦乐的分别：你造作时是苦，希望时是乐；临事时是苦，回想时是乐。 我换一句话说：眼前所遇的都是困苦；过去、未来的回想和希望都是快乐。 昨天我对你诉说自己境遇的时候，你听了觉得很苦，因为我把从前的情形陈说出来，罗列在你眼前，教你感得那是现在的事；若是我自己想起来，久别、被卖、逃亡等等事情都有快乐在内。 所以你不必为我叹息，要把眼前的事情看开才好。 ……我只求你一样，你到唐山时，若是有便，就请到我村里通知我母亲一声。 我母亲算来已有七十多岁，她住在鸿渐，我的唐山亲人只剩着她咧。 她的门外有一棵很高的橄榄树。 你打听良姆，人家就会告诉你。"

船离码头的时候，她还站在岸上挥着手巾送我。 那种诚挚的表情，教我永远不能忘掉。 我到家不上一月就上鸿渐去。 那橄榄树下的破屋满被古藤封住，从门缝儿一望，隐约瞧见几座朽腐的木主搁在桌上，哪里还有一位良姆！

"我像蜘蛛,

命运就是我的网。"

我把网结好,

还住在中央。

呀,我的网甚时节受了损伤!

这一坏,教我怎地生长?

生的巨灵说:"补缀补缀罢。"

世间没有一个不破的网。

我再结网时,

要结在玳瑁梁栋

珠玑帘拢;

或结在断井颓垣

荒烟蔓草中呢?

生的巨灵按手在我头上说:

"自己选择去罢,

你所在的地方无不兴隆、亨通。"

虽然，我再结的网还是像从前那么脆弱，

敌不过外力冲撞；

我网的形式还要像从前那么整齐——

平行的丝连成八角、十二角的形状吗？

他把"生的万花筒"交给我，说：

"往里看罢，

你爱怎样，就结成怎样。"

呀，万花筒里等等的形状和颜色

仍与从前没有什么差别！

求你再把第二个给我，

我好谨慎地选择。

"咄咄！贪得而无智的小虫！

自而今回溯到濛鸿，

从没有人说过里面有个形式与前相同。

去罢，生的结构都由这几十颗'彩琉璃屑'幻成种种，

不必再看第二个生的万花筒。"

那晚上的月色格外明朗，只是不时来些微风把满园的花影移动得不歇地作响。素光从椰叶下来，正射在尚洁和她的客人史夫人身上。她们二人的容貌，在这时候自然不能认得十分清楚，但是二人对谈的声音却像幽谷的回响，没有一点模糊。

周围的东西都沉默着，像要让她们密谈一般，树上的鸟

儿把喙插在翅膀底下；草里的虫儿也不敢做声；就是尚洁身边那只玉狸，也当主人所发的声音为催眠歌，只管驹驹地沉睡着。她用纤手抚着玉狸，目光注在她的客人身上，懒懒地说："夺魁嫂子，外间的闲话是听不得的。这事我全不计较——我虽不信定命的说法，然而事情怎样来，我就怎样对付，毋庸在事前预先谋定什么方法。"

她的客人听了这场冷静的话，心里很是着急，说："你对于自己的前程太不注意了！若是一个人没有长久的顾虑，就免不了遇着危险，外人的话虽不足信，可是你得把你的态度显示得明了一点，教人不疑惑你才是。"

尚洁索性把玉狸抱在怀里，低着头，只管摩弄。一会儿，她才冷笑了一声，说：

"吓吓，夺魁嫂子，你的话差了，危险不是顾虑所能闪避的。后一小时的事情，我们也不敢说准知道，哪哪能顾到三四个月、三两年那么长久呢？你能保我待一会不遇着危险，能保我今夜里睡得平安么？纵使我准知道今晚上会遇着危险，现在的谋虑也未必来得及。我们都在云雾里走，离身二三尺以外，谁还能知道前途的光景呢？经里说：'不要为明日自夸，因为一日要生何事，你尚且不能知道。'这句话，你忘了么？……唉，我们都是从渺茫中来，在渺茫中住，往渺茫中去。若是怕在这条云封雾锁的生命路程里走动，莫如止住你的脚步；若是你有漫游的兴趣，纵然前途和四围的光景暧昧，不能使你赏心快意，你也是要走的。横竖是往前走，顾虑什么？

"我们从前的事，也许你和一般侨寓此地的人都不十分知道。 我不愿意破坏自己的名誉，也不忍教他出丑。 你既是要我把态度显示出来，我就得略把前事说一点给你听，可是要求你暂时守这个秘密。"

"论理，我也不是他的……"

史夫人没等她说完，早把身子挺起来，做很惊讶的样子，回头用焦急的声音说："什么？ 这又奇怪了！"

"这倒不是怪事，且听我说下去。 你听这一点，就知道我的全意思了。 我本是人家的童养媳，一向就不曾和人行过婚礼——那就是说，夫妇的名分，在我身上用不着。 当时，我并不是爱他，不过要仗着他的帮助，救我脱出残暴的婆家。 走到这个地方，依着时势的境遇，使我不能不认他为夫……"

"原来你们的家有这样特别的历史。 ……那么，你对于长孙先生可以说没有精神的关系，不过是不自然的结合罢了。"

尚洁庄重地回答说：

"你的意思是说我们没有爱情么？ 诚然，我从不曾在别人身上用过一点男女的爱情，别人给我的，我也不曾辨别过那是真的，这是假的。 夫妇，不过是名义上的事，爱与不爱，只能稍微影响一点精神的生活，和家庭的组织是毫无关系的。

　　"他怎样想法子要奉承我，凡认识我的人都觉得出来。然而我却没有领他的情，因为他从没有把自己的行为检点一下。　他的嗜好多，脾气坏，是你所知道的。　我一到会堂去，每听到人家说我是长孙可望的妻子，就非常的惭愧。　我常想着从不自爱的人所给的爱情都是假的。

　　"我虽然不爱他，然而家里的事，我认为应当替他做的，我也乐意去做。　因为家庭是公的，爱情是私的。　我们两人的关系，实在就是这样。　外人说我和谭先生的事，全是不对的。　我的家庭已经成为这样，我又怎能把它破坏呢？"

　　史夫人说："我现在才看出你们的真相，我也回去告诉史先生，教他不要多信闲话。　我知道你是好人，是一个纯良的女子，神必保佑你。"说着，用手轻轻地拍一拍尚洁的肩膀，就站立起来告辞。

　　尚洁陪她在花荫底下走着，一面说："我很愿意你把这事的原委单说给史先生知道。　至于外间传说我和谭先生有秘密的关系，说我是淫妇，我都不介意。　连他也好几天不回来啦。　我估量他是为这事生气，可是我并不辩白。　世上没有一个人能够把真心拿出来给人家看；纵然能够拿出来，人家也看不明白，那么，我又何必多费唇舌呢？　人对于一件事情一存了成见，就不容易把真相观察出来。　凡是人都有成见，同一件事，必会生出歧异的评判，这也是难怪的。　我不管人家怎样批评我，也不管他怎样疑惑我，我只求自己无愧，对得住天上的星辰和地下的蝼蚁便了。　你放心罢，等到事情临到我身上，我自有方法对付。 我的意思就是这样，若是有工夫，改天再谈罢。"

她送客人出门，就把玉狸抱到自己房里。 那时已经不早，月光从窗户进来，歇在椅桌、枕席之上，把房里的东西染得和铅制的一般。 她伸手向床边按了一按铃子，须臾，女佣妥娘就上来。 她问："佩荷姑娘睡了么？"妥娘在门边回答说："早就睡了。 消夜已预备好了，端上来不？"她说着，顺手把电灯拧着，一时满屋里都着上颜色了。

在灯光之下，才看见尚洁斜倚在床上。 流动的眼睛，软润的颔颊，玉葱似的鼻，柳叶似的眉，桃绽似的唇，衬着蓬乱的头发……凡形体上各样的美都凑合在她头上。 她的身体，修短也很合度。 从她口里发出来的声音，都合音节，就是不懂音乐的人，一听了她的话语，也能得着许多默感。 她见妥娘把灯拧亮了，就说："把它拧灭了罢。 光太强了，更不舒服。 方才我也忘了留史夫人在这里消夜。 我不觉得十分饥饿，不必端上来，你们可以自己方便去。 把东西收拾清楚，随着给我点一支洋烛上来。"

妥娘遵从她的命令，立刻把灯灭了，接着说："相公今晚上也许又不回来，可以把大门扣上么？"

"是，我想他永远不回来了。 你们吃完，就把门关好，各自歇息去罢，夜很深了。"

尚洁独坐在那间充满月亮的房里，桌上一支洋烛已燃过三分之二，轻风频拂火焰，眼看那支发光的小东西要泪尽了。 她于是起来，把烛火移到屋角一个窗户前头的小几上。那里有一个软垫，几上搁几本经典和祈祷文。 她每夜睡前的功课就是跪在那垫上默记三两节经句，或是诵几句祷词。 别的事情，也许她会忘记，惟独这圣事是她所不敢忽略的。 她跪在那里冥想了许多，睁眼一看，火光已不知道在什么时候从烛台上逃走了。

她立起来，把卧具整理妥当，就躺下睡觉。 可是她怎能睡着呢？ 呀，月亮也循着宾客的礼，不敢相扰，慢慢地辞了她，走到园里和它的花草朋友、木石知交周旋去了！

月亮虽然辞去，她还不转眼地望着窗外的天空，像要诉她心中的秘密一般。 她正在床上辗来转去，忽听园里"嚯嚯"一声，响得很厉害。 她起来，走到窗边，往外一望，但见一重一重的树影和夜雾把园里盖得非常严密，教她看不见什么。 于是她蹑步下楼，唤醒妥娘，命她到园里去察看那怪声的出处。 妥娘自己一个人哪里敢出去，她走到门房把团哥叫醒，央他一同到围墙边察一察。 团哥也就起来了。

妥娘去不多会，便进来回话。 她笑着说："你猜是什么呢？ 原来是一个蹇运的窃贼摔倒在我们的墙根。 他的腿已摔坏了，脑袋也撞伤了，流得满地都是血，动也动不得了。团哥拿着一枝荆条正在抽他哪。"

尚洁听了，一霎时前所有的恐怖情绪一时尽变为慈祥的心意。 她等不得回答妥娘，便跑到墙根。 团哥还在那里，"你这该死的东西……不知厉害的坏种！ ……"一句一鞭，打骂得很高兴。 尚洁一到，就止住他，还命他和妥娘把受伤的贼扛到屋里来。 她吩咐让他躺在贵妃榻上。 仆人们都显出不愿意的样子，因为他们想着一个贼人不应该受这么好的待遇。

尚洁看出他们的意思，便说："一个人走到做贼的地步是最可怜悯的。 若是你们不得着好机会，也许……"她说到这里，觉得有点失言，教她的佣人听了不舒服，就改过一句说话："若是你们明白他的境遇，也许会体贴他。 我见了一个受伤的人，无论如何，总得救护的。 你们常常听见'救苦救难'的话，遇着忧患的时候，有时也会脱口地说出来，为何不从'他是苦难人'那方面体贴他呢？ 你们不要怕他的血沾脏了那垫子，尽管扶他躺下罢。"团哥只得扶他躺下，口里沉吟地说："我们还得为他请医生去吗？"

"且慢，你把灯移近一点，待我来看一看。 救伤的事，我还在行。 妥娘，你上楼去把我们那个常备药箱捧下来。"又对团哥说："你去倒一盆清水来罢。"

仆人都遵命各自干事去了。 那贼虽闭着眼，方才尚洁所说的话，却能听得分明。 他心里的感激可使他自忘是个罪人，反觉他是世界里一个最能得人爱惜的青年。 这样的待遇，也许就是他生平第一次得着的。 他呻吟了一下，用低沉的声音说："慈悲的太太，菩萨保佑慈悲的太太！"

那人的太阳穴边受了伤很重，腿部倒不十分厉害。 她用药棉蘸水轻轻地把伤处周围的血迹涤净，再用绷带裹好。 等到事情做得清楚，天早已亮了。

她正转身要上楼去换衣服，蓦听得外面敲门的声很急，就止步问说："谁这么早就来敲门呢？"

"是警察罢。"

妥娘提起这四个字，叫她很着急。 她说："谁去告诉警察呢？"那贼躺在贵妃榻上，一听见警察要来，恨不能立刻起来跪在地上求恩。 但这样的行动已从他那双劳倦的眼睛表白出来了。 尚洁跑到他跟前，安慰他说："我没有叫人去报警察……"正说到这里，那从门外来的脚步已经踏进来。

来的并不是警察，却是这家的主人长孙可望。 他见尚洁穿着一件睡衣站在那里和一个躺着的男子说话，心里的无明业火已从身上八万四千个毛孔里发射出来。 他第一句就问："那人是谁？"

这个问实在叫尚洁不容易回答，因为她从不曾问过那受伤者的名字，也不便说他是贼。

"他……他是受伤的人……"

可望不等说完，便拉住她的手，说："你办的事，我早已知道。 我这几天不回来，正要侦察你的动静，今天可给我撞见了。 我何尝辜负你呢？ ……一同上去罢，我们可以慢慢地谈。"不由分说，拉着她就往上跑。

妥娘在旁边，看得情急，就大声嚷着："他是贼！"

"我是贼，我是贼！"那可怜的人也嚷了两声。 可望只对着他冷笑，说："我明知道你是贼。 不必报名，你且歇一歇罢。"

一到卧房里，可望就说："我且问你，我有什么对你不起的地方？ 你要入学堂，我便立刻送你去；要到礼拜堂听道，我便特地为你预备车马。 现在你有学问了，也入教了，我且问你，学堂教你这样做，教堂教你这样做么？"

他的话意是要诘问她为什么变心，因为他许久就听见人说尚洁嫌他鄙陋不文，要离弃他去嫁给一个姓谭的。 夜间的事，他一概不知，他进门一看尚洁的神色，老以为她所做的是一段爱情把戏。 在尚洁方面，以为他是不喜欢她这样待遇窃贼。 她的慈悲性情是上天所赋的，她也觉得这样办，于自己的信仰和所受的教育没有冲突，就回答说："是的，学堂教我这样做，教会也教我这样做。 你敢是……"

"是吗？"可望喝了一声，猛将怀中小刀取出来向尚洁的肩膊上一击。 这不幸的妇人立时倒在地上，那玉白的面庞已像渍在胭脂膏里一样。

她不说什么，但用一种沉静的和无抵抗的态度，就足以感动那愚顽的凶手。 可望见此情景，心中恐怖的情绪已把凶猛的怒气克服了。 他不再有什么动作，只站在一边出神。他看尚洁动也不动一下，估量她是死了。 那时，他觉得自己的罪恶压住他，不许再逗留在那里，便溜烟似的往外跑。

妥娘见他跑了，知道楼上必有事故，就赶紧上来，她看尚洁那样子，不由得"啊，天公！"喊了一声，一面上去，要把她搀扶起来。 尚洁这时，眼睛略略睁开，像要对她说什么，只是说不出。 她指着肩膀示意，妥娘才看见一把小刀插在她肩上。 妥娘的手便即酥软，周身发抖，待要扶她，也没有气力了。 她含泪对着主妇说："容我去请医生罢。"

"史……史……"妥娘知道她是要请史夫人来，便回答说："好，我也去请史夫人来。"她教团哥看门，自己雇一辆车找救星去了。

医生把尚洁扶到床上，慢慢施行手术，赶到史夫人来时，所有的事情都弄清楚啦。 医生对史夫人说："长孙夫人的伤不甚要紧，保养一两个星期便可复元。 幸而那刀从肩胛骨外面脱出来，没有伤到肺叶——那两个创口是不要紧的。"

医生辞去以后，史夫人便坐在床沿用法子安慰她。 这时，尚洁的精神稍微恢复，就对她的知交说："我不能多说话，只求你把底下那个受伤的人先送到公医院去，其余的，待我好了再给你说。 ……唉，我的嫂子，我现在不能离开你，你这几天得和我同在一块儿住。"

史夫人一进门就不明白底下为什么躺着一个受伤的男子。 妥娘去时，也没有对她详细地说。 她看见尚洁这个样子，又不便往下问。 但尚洁的颖悟性从不会被刀所伤，她早明白史夫人猜不透这个闷葫芦，就说："我现在没有气力给你细说，你可以向妥娘打听去。 就要速速去办，若是他回来，便要害了他的性命。"

史夫人照她所吩咐的去做，回来，就陪着她在房里，没有回家。 那四岁的女孩佩荷更不知道这是怎么一回事，还是啼啼笑笑，过她的平安日子。

一个星期，两个星期，在她病中默默地过去。 她也渐次复元了。 她想许久没有到园里去，就央求史夫人扶着她慢慢走出来。 她们穿过那晚上谈话的柳荫，来到园边一个小亭下，就歇在那里。 她们坐的地方满开了玫瑰，那清静温香的景色委实可以消灭一切忧闷和病害。

"我已忘了我们这里有这么些好花，待一会，可以折几枝带回屋里。"

"你且歇歇，我为你选择几枝罢。"史夫人说时，便起来折花。 尚洁见她脚下有一朵很大的花，就指着说："你看，你脚下有一朵很大、很好看的，为什么不把它摘下？"

史夫人低头一看，用手把花提起来，便叹了一口气。

"怎么啦？"

史夫人说："这花不好。"因为那花只剩地上那一半，还有一边是被虫伤了。 她怕说出伤字，要伤尚洁的心，所以这样回答。 但尚洁看的明明是一朵好花，直教递过来给她看。

"夺魁嫂，你说它不好么？ 我在此中找出道理咧！ 这花虽然被虫伤了一半，还开得这么好看，可见人的命运也是如此——若不把他的生命完全夺去，虽然不完全，也可以得着生活上一部分的美满，你以为如何呢？"

史夫人知道她联想到自己的事情上头，只回答说："那是当然的，命运的偃蹇和亨通，于我们的生活没有多大关系。"

谈话之间，妥娘领着史夺魁先生进来。 他向尚洁和他的妻子问过好，便坐在她们对面一张凳上。 史夫人不管她丈夫要说什么，头一句就问："事情怎样解决呢？"

史先生说："我正是为这事情来给长孙夫人一个信。 昨天在会堂里有一个很激烈的纷争，因为有些人说可望的举动是长孙夫人迫他做成的，应当剥夺她赴圣筵的权利。 我和我奉真牧师在席间极力申辩，终归无效。"他望着尚洁说："圣筵赴与不赴也不要紧。 因为我们的信仰决不能为仪式所束缚，我们的行为，只求对得起良心就算了。"

"因为我没有把那可怜的人交给警察，便责罚我么？"

史先生摇头说："不，不，现在的问题不在那事上头。 前天可望寄一封长信到会里，说到你怎样对他不住，怎样想弃绝他去嫁给别人。 他对于你和某人、某人往来的地点、时间都说出来。 且说，他不愿意再见你的面，若不与你离婚，他永不回家。 信他所说的人很多，我们怎样申辩也挽不过来。 我们虽然知道事实不是如此，可是不能找出什么凭据来证明。 我现在正要告诉你，若是要到法庭去的话，我可以帮你的忙。 这里不像我们祖国，公庭上没有女人说话的地位。 况且他的买卖起先都是你拿资本出来，要离异时，照法律，最少总得把财产分一半给你。 ……像这样的男子，不要他也罢了。"

尚洁说："那事实现在不必分辩，我早已对嫂子说明了。

会里因为信条的缘故，说我的行为不合道理，便禁止我赴圣筵——这是他们所信的，我有什么可说的呢！"她说到末一句，声音便低下了。她的颜色很像为同会的人误解她和误解道理惋惜。

"唉，同一样道理，为何信仰的人会不一样？"

她听了史先生这话，便兴奋起来，说："这何必问？你不常听见人说，'水是一样，牛喝了便成乳汁，蛇喝了便成毒液'吗？我管保我所得能化为乳汁，哪能干涉人家所得的变成毒液呢？若是到法庭去的话，倒也不必。我本没有正式和他行过婚礼，自毋须乎在法庭上公布离婚。若说他不愿意再见我的面，我尽可以搬出去。财产是生活的赘瘤，不要也罢，和他争什么？……他赐给我的恩惠已是不少，留着给他……"

"可是你一把财产全部让给他，你立刻就不能生活。还有佩荷呢？"

尚洁沉吟半晌便说："不妨，我私下也曾积聚些少，只不能支持到一年罢了。但不论如何，我总得自己挣扎。至于佩荷……"她又沉思了一会，才续下去说："好罢，看他的意思怎样，若是他愿意把那孩子留住，我也不和他争。我自己一个人离开这里就是。"

他们夫妇二人深知道尚洁的性情，知道她很有主意，用不着别人指导。并且她在无论什么事情上头都用一种宗教的精神去安排。她的态度常显出十分冷静和沉毅，做出来的事，有时超乎常人意料之外。

史先生深信她能够解决自己将来的生活，一听了她的话，便不再说什么，只略略把眉头皱了一下而已。史夫人在这两三个星期间，也很为她费了些筹划。他们有一所别业在土华地方，早就想教尚洁到那里去养病，到现在她才开口说："尚洁妹子，我知道你一定有更好的主意，不过你的身体还不甚复元，不能立刻出去做什么事情，何不到我们的别庄里静养一下，过几个月再行打算？"史先生接着对他妻子说："这也好。只怕路途远一点，由海船去，最快也得两天才可以到。但我们都是惯于出门的人，海涛的颠簸当然不能制服我们。若是要去的话，你可以陪着去，省得寂寞了长孙夫人。"

尚洁也想找一个静养的地方，不意他们夫妇那么仗义，所以不待踌躇便应许了。她不愿意为自己的缘故教别人麻烦，因此不让史夫人跟着前去。她说："寂寞的生活是我尝惯的。史嫂子在家里也有许多当办的事情，哪里能够和我同行？还是我自己去好一点。我很感谢你们二位的高谊，要怎样表示我的谢忱，我却不懂得；就是懂，也不能表示得万分之一。我只说一声'感激莫名'便了。史先生，烦你再去问他要怎样处置佩荷，等这事弄清楚，我便要动身。"她说着，就从方才摘下的玫瑰中间选出一朵好看的递给史先生，教他插在胸前的钮门上。不久，史先生也就起立告辞，替她办交涉去了。

土华在马来半岛的西岸，地方虽然不大，风景倒还幽致。 那海里出的珠宝不少，所以住在那里的多半是搜宝之客。 尚洁住的地方就在海边一丛棕林里。 在她的门外，不时看见采珠的船往来于金的塔尖和银的浪头之间。 这采珠的工夫赐给她许多教训。 因为她这几个月来常想着人生就同入海采珠一样，整天冒险入海里去，要得着多少，得着什么，采珠者一点把握也没有。 但是这个感想决不会妨害她的生命。 她见那些人每天迷蒙蒙地搜求，不久就理会她在世间的历程也和采珠的工作一样。 要得着多少，得着什么，虽然不在她的权能之下，可是她每天总得入海一遭，因为她的本分就是如此。

她对于前途不但没有一点灰心，且要更加奋勉。 可望虽是剥夺她们母女的关系，不许佩荷跟着她，然而她仍不忍弃掉她的责任，每月要托人暗地里把吃的用的送到故家去给她女儿。

她现在已变主妇的地位为一个珠商的记室了。 住在那里的人，都说她是人家的弃妇，就看轻她，所以她所交游的都是珠船里的工人。 那班没有思想的男子在休息的时候，便因着她的姿色争来找她开心。 但她的威仪常是调伏这班人的邪念，教他们转过心来承认她是他们的师保。

她一连三年，除干她的正事以外，就是教她那班朋友说几句英吉利语，念些少经文，知道些少常识。 在她的团体里，使令、供养，无不如意。 若说过快活日子，能像她这样也就不劣了。

虽然如此，她还是有缺陷的。社会地位，没有她的份；家庭生活，也没有她的份；我们想想，她心里到底有什么感觉？前一项，于她是不甚重要的；后一项，可就缭乱她的衷肠了！史夫人虽常寄信给她，然而她不见信则已，一见了信，那种说不出来的伤感就加增千百倍。

她一想起她的家庭，每要在树林里徘徊，树上的蚂蚱常要幻成她女儿的声音对她说："母思儿耶？母思儿耶？"这本不是奇迹，因为发声者无情，听音者有意；她不但对于那些小虫的声音是这样，即如一切的声音和颜色，偶一触着她的感官，便幻成她的家庭了。

她坐在林下，遥望着无涯的波浪，一度一度地掀到岸边，常觉得她的女儿踏着浪花踊跃而来，这也不止一次了。那天，她又坐在那里，手拿着一张佩荷的小照，那是史夫人最近给她寄来的。她翻来翻去地看，看得眼昏了。她猛一抬头，又得着常时所现的异象。她看见一个人携着她的女儿从海边上来，穿过林樾，一直走到跟前。那人说："长孙夫人，许久不见，贵体康健啊！我领你的女儿来找你哪。"

尚洁此时，展一展眼睛，才理会果然是史先生携着佩荷找她来。她不等回答史先生的话，便上前用力搂住佩荷，她的哭声从她爱心的深密处殷雷似的震发出来。佩荷因为不认得她，害怕起来，也放声哭了一场。史先生不知道感触了什么，也在旁边只尽管擦眼泪。

这三种不同情绪的哭泣止了以后，尚洁就呜咽地问史先生说："我实在喜欢。 想不到你会来探望我，更想不到佩荷也能来！ ……"她要问的话很多，一时摸不着头绪。 只搂定佩荷，眼看着史先生出神。

史先生很庄重地说："夫人，我给你报好消息来了。"

"好消息！"

"你且镇定一下，等我细细地告诉你。 我们一得着这消息，我的妻子就教我和佩荷一同来找你。 这奇事，我们以前都不知道，到前十几天才听见我奉真牧师说的。 我牧师自那年为你的事卸职后，他的生活，你已经知道了。"

"是，我知道。 他不是白天做裁缝匠，晚间还做制饼师吗？ 我信得过，神必要帮助他，因为神的儿子说：'为义受逼迫的人是有福的。'他的事业还顺利吗？"

"倒没有什么过不去的地方。 他不但日夜劳动，在合宜的时候，还到处去传福音哪。 他现在不用这样地吃苦，因为他的老教会看他的行为，请他回国仍旧当牧师去，在前一个星期已经动身了。"

"是吗？ 谢谢神！ 他必不能长久地受苦。"

"就是因为我牧师回国的事，我才能到这里来。 你知道长孙先生也受了他的感化么？ 这事详细地说起来，倒是一种神迹。 我现在来，也是为告诉你这件事。

"前几天，长孙先生忽然到我家里找我。 他一向就和我们很生疏，好几年也不过访一次，所以这次的来，教我们很诧异。 他第一句就问你的近况如何，且诉说他的懊悔。 他说这反悔是忽然的，是我牧师警醒他的。 现在我就将他的话，照样地说一遍给你听——

"'在这两三年间，我牧师常来找我谈话，有时也请我到他的面包房里去听他讲道。 我和他来往那么些次，就觉得他是我的好师傅。 我每有难决的事情或疑虑的问题，都去请教他。 我自前年生事，二人分离以后，每疑惑尚洁官的操守，又常听见家里佣人思念她的话，心里就十分懊悔。 但我总想着，男人说话将军箭，事已做出，哪里还有脸皮收回来？ 本是打算给它一个错到底的。 然而日子越久，我就越觉得不对。 到我牧师要走，最末次命我去领教训的时候，讲了一个章经，教我很受感动。 散会后，他对我说，他盼望我做的是请尚洁官回来。 他又念《马可福音》十章给我听，我自得着那教训以后，越觉得我很卑鄙、凶残、淫秽，很对不住她。 现在要求你先把佩荷带去见她，盼望她为女儿的缘故赦免我。 你们可以先走，我随后也要亲自前往。'

"他说懊悔的话很多，我也不能细说了。 等他来时，容他自己对你细说罢。 我很奇怪我牧师对于这事，以前一点也没有对我说过，到要走时，才略提一提；反教他来到我那里去，这不是神迹吗？"

尚洁听了这一席话，却没有显出特别愉悦的神色，只说："我的行为本不求人知道，也不是为要得人家的怜恤和赞美；人家怎样待我，我就怎样受，从来是不计较的。 别人伤害我，我还饶恕，何况是他呢？ 他知道自己的鲁莽，是一件极可喜的事。 ——你愿意到我屋里去看一看吗？ 我们一同走走罢。"

他们一面走，一面谈。 史先生问起她在这里的事业如何，她不愿意把所经历的种种苦处尽说出来，只说："我来这里，几年的工夫也不算浪费，因为我已找着了许多失掉的珠子了！ 那些灵性的珠子，自然不如入海去探求那么容易，然而我竟能得着二三十颗。 此外，没有什么可以告诉你。"

尚洁把她的事情结束停当，等可望不来，打算要和史先生一同回去。 正要到珠船里和她的朋友们告辞，在路上就遇见可望跟着一个本地人从对面来。 她认得是可望，就堆着笑容，抢前几步去迎他，说："可望君，平安哪！"可望一见她，也就深深地行了一个敬礼，说："可敬的妇人，我所做的一切事都是伤害我的身体，和你我二人的感情，此后我再不敢了。 我知道我多多地得罪你，实在不配再见你的面，盼望你不要把我的过失记在心中。 今天来到这里，为的是要表明我悔改的行为，还要请你回去管理一切所有的。 你现在要到哪里去呢？ 我想你可以和史先生先行动身，我随后回来。"

尚洁见他那番诚恳的态度，比起从前，简直是两个人，心里自然满是愉快，且暗自谢她的神在他身上所显的奇迹。她说："呀！ 往事如梦中之烟，早已在虚幻里消散了，何必重新提起呢？ 凡人都不可积聚日间的怨恨、怒气和一切伤心的事到夜里，何况是隔了好几年的事？ 请你把那些事情搁在脑后罢。我本想到船里去，向我那班同工的人辞行。你怎样不和我们一起回去，还有别的事情要办么？史先生现时在他的别业——就是我住的地方——我们一同到那里去罢，待一会，再出来辞行。"

"不必，不必。你可以去你的，我自己去找他就可以。因为我还有些正当的事情要办，恐怕不能和你们一同回去；什么事，以后我才教你知道。"

"那么，你教这土人领你去罢，从这里走不远就是。我先到船里，回头再和你细谈。再见哪！"

她从土华回来，先住在史先生家里，意思是要等可望来到，一同搬回她的旧房子去。谁知等了好几天，也不见他的影。她才知道可望在土华所说的话意有所含蓄。可是他到哪里去呢，去干什么呢？她正想着，史先生拿了一封信进来对她说："夫人，你不必等可望了，明后天就搬回去罢。他寄给我这一封信说，他有许多对不起你的地方，都是出于激烈的爱情所致，因他爱你的缘故，所以伤了你。现在他要把从前邪恶的行为和暴躁的脾气改过来，且要偿还你这几年来所受的苦楚，故不得不暂时离开你。他已经到槟榔屿了。他不直接写信给你的缘故，是怕你伤心，故此写给我，教我好安慰你。他还说从前一切的产业都是你的，他不应独自霸占了许多，要求你尽量地享用，直等到他回来。"

"这样看来，不如你先搬回去，我这里派人去找他回来如何？唉，想不到他一会儿就能悔改到这步田地！"

她遇事本来很沉静，史先生说时，她的颜色从不曾显出什么变态，只说："为爱情么？ 为爱而离开我么？ 这是当然的，爱情本如极利的斧子，用来剥削命运常比用来整理命运的时候多一些。 他既然规定他自己的行程，又何必费工夫去寻找他呢？ 我是没有成见的，事情怎样来，我怎样对付就是。"

尚洁搬回来那天，可巧下了一点雨，好像上天使园里的花木特地沐浴得很妍净来迎接它们的旧主人一样。 她进门时，妥娘正在整理厅堂，一见她来，便嚷着："奶奶，你回来了！ 我们很想念你哪！ 你的房间乱得很，等我把各样东西安排好再上去。 先到花园去看看罢，你手植各样的花木都长大了。 后面那棵释迦头长得像罗伞一样，结果也不少，去看看罢。 史夫人早和佩荷姑娘来了，她们现时也在园里。"

她和妥娘说了几句话，便到园里。 一拐弯，就看见史夫人和佩荷坐在树荫底下一张凳上——那就是几年前，她要被刺那夜，和史夫人坐着谈话的地方。 她走来，又和史夫人并肩坐在那里。 史夫人说来说去，无非是安慰她的话。 她像不信自己这样的命运不甚好，也不信史夫人用定命论的解释来安慰她，就可以使她满足。 然而她一时不能说出合宜的话，教史夫人明白她心中毫无忧郁在内。 她无意中一抬头，看见佩荷拿着树枝把结在玫瑰花上一个蜘蛛网撩破了一大部分。 她注神许久，就想出一个意思来。

她说："呀，我给这个比喻，你就明白我的意思。

"我像蜘蛛，命运就是我的网。蜘蛛把一切有毒无毒的昆虫吃入肚里，回头把网组织起来。它第一次放出来的游丝，不晓得要被风吹到多么远，可是等到粘着别的东西的时候，它的网便成了。

"它不晓得那网什么时候会破，和怎样破法。一旦破了，它还暂时安安然然地藏起来，等有机会再结一个好的。

"它的破网留在树梢上，还不失为一个网。太阳从上头照下来，把各条细丝映成七色；有时粘上些少水珠，更显得灿烂可爱。

"人和他的命运，又何尝不是这样？所有的网都是自己组织得来，或完或缺，只能听其自然罢了。"

史夫人还要说时，妥娘来说屋子已收拾好了，请她们进去看看。于是，她们一面谈，一面离开那里。

园里没人，寂静了许久。方才那只蜘蛛悄悄地从叶底出来，向着网的破裂处，一步一步，慢慢补缀。它补这个干什么？因为它是蜘蛛，不得不如此！

海

世间

　　我们的人间只有在想象或淡梦中能够实现罢了。　一离了人造的上海社会，心里便想到此后我们要脱离等等社会律的桎梏，来享受那乐行忧违的潜龙生活。　谁知道一上船，那人造人间所存的受、想、行、识，都跟着我们入了这自然的海洋！　这些东西，比我们的行李还多，把这一万二千吨的小船压得两边摇荡。　同行的人也知道船载得过重，要想一个好方法，教它的负担减轻一点，但谁能有出众的慧思呢？　想来想去，只有吐些出来，此外更何等妙计。

　　这方法虽是很平常，然而船却轻省得多了。　这船原是要到新世界去的哟，可是新世界未必就是自然的人间。　在水程中，虽然把衣服脱掉了，跳入海里去学大鱼的游泳，也未必是自然。　要是闭眼闷坐着，还可以有一点勉强的自在。

　　船离陆地远了，一切远山疏树尽化行云。　割不断的轻烟，缕缕丝丝从烟筒里舒放出来，慢慢地往后延展。　故国里，想是有人把这烟揪住罢。　不然就是我们之中有些人的离情凝结了，乘着轻烟家去。

呀！ 他的魂也随着轻烟飞去了！ 轻烟载不起他，把他摔下来。 堕落的人连浪花也要欺负他，将那如弹的水珠一颗颗射在他身上。 他几度随着波涛浮沉，气力有点不足，眼看要沉没了，幸而得文鳐的哀怜，展开了帆鳍搭救他。

文鳐说："你这人太笨了，热火燃尽的冷灰，岂能载得你这焰红的情怀？ 我知道你们船中定有许多多情的人儿，动了乡思。 我们一队队跟船走，又飞又泳，指望能为你们服劳，不料你们反拍着掌笑我们，驱逐我们。"

他说："你的话我们怎能懂得呢？ 人造的人间的人，只能懂得人造的语言罢了。"

文鳐摇着他口边那两根短须，装作很老成的样子，说："是谁给你分别的，什么叫人造人间，什么叫自然人间？ 只有你心里妄生差别便了。 我们只有海世间和陆世间的分别，陆世间想你是经历惯的，至于海世间，你只能从想象中理会一点。 你们想海里也有女神，五官六感都和你们一样。 戴的什么珊瑚、珠贝，披的什么鲛纱、昆布。 其实这些东西，在我们这里并非稀奇难得的宝贝。 而且一说人的形态便不是神了。 我们没有什么神，只有这蔚蓝的盐水是我们生命的根源。 可是我们生命所从出的水，于你们反有害处。 海水能夺去你们的生命。 若说海里有神，你应当崇拜水，毋需再造其他的偶像。"

他听得呆了，双手扶着文鳐的帆鳍，请求他领他到海世间去。 文鳐笑了，说："我明说水中你是生活不得的，你不怕丢了你的生命么？"

他说："下去一分时间，想是无妨的。我常想着海神的清洁、温柔、娴雅等等美德，又想着海底的花园有许多我不曾见过的生物和景色，恨不得有人领我下去一游。"

文鳐说："没有什么，没有什么，不过是咸而冷的水罢了，海的美丽就是这么简单——冷而咸。你一眼就可以望见了。何必我领你呢？凡美丽的事物，都是这么简单的。你要求它多么繁复、热烈，那就不对了。海世间的生活，你是受不惯的，不如送你回船上去罢。"

那鱼一振鳍，早离了波皋，飞到舷边。他还舍不得回到这真是人造的陆世界来，眼巴巴只怅望着天涯，不信海就是方才所听情况。从他想象里，试要构造些海底世界的光景。他的海中景物真个实现在他梦想中了。

这年的夏天分外地热。 街上的灯虽然亮了，胡同口那卖酸梅汤的还像唱梨花鼓的姑娘耍着他的铜碗。 一个背着一大篓字纸的妇人从他面前走过，在破草帽底下虽看不清她的脸，当她与卖酸梅汤的打招呼时，却可以理会她有满口雪白的牙齿。 她背上担负得很重，甚至不能把腰挺直，只如骆驼一样，庄严地一步一步踱到自己门口。

进门是个小院，妇人住的是塌剩下的两间厢房。 院子一大部分是瓦砾。 在她的门前种着一棚黄瓜，几行玉米。 窗下还有十几棵晚香玉。 几根朽坏的梁木横在瓜棚底下，大概是她家最高贵的坐处。 她一到门前，屋里出来一个男子，忙帮着她卸下背上的重负。

"媳妇，今儿回来晚了。"

妇人望着他，像很诧异他的话。"什么意思？ 你想媳妇想疯啦？ 别叫我媳妇，我说。"她一面走进屋里，把破草帽脱下，顺手挂在门后，从水缸边取了一个小竹筒向缸里一连舀了好几次，喝得换不过气来，张了一会嘴，到瓜棚底下把篓子拖到一边，便自坐在朽梁上。

那男子名叫刘向高。 妇人的年纪也和他差不多，在三十左右，娘家也姓刘。 除掉向高以外，没人知道她的名字叫做春桃。 街坊叫她做捡烂纸的刘大姑，因为她的职业是整天在街头巷尾垃圾堆里讨生活，有时沿途嚷着"烂字纸换取灯儿"。 一天到晚在烈日冷风里吃尘土，可是生来爱干净，无论冬夏，每天回家，她总得净身洗脸。 替她预备水的照例是向高。

向高是个乡间高小毕业生，四年前，乡里闹兵灾，全家逃散了，在道上遇见同是逃难的春桃，一同走了几百里，彼此又分开了。

她随着人到北京来，因为总布胡同里一个西洋妇人要雇一个没混过事的乡下姑娘当"阿妈"，她便被荐去上工。 主妇见她长得清秀，很喜爱她。 她见主人老是吃牛肉，在馒头上涂牛油，喝茶还要加牛奶，来去鼓着一阵臊味，闻不惯。有一天，主人叫她带孩子到三贝子花园去，她理会主人家的气味有点像从虎狼栏里发出来的，心里越发难过，不到两个月，便辞了工。 到平常人家去，乡下人不惯当差，又挨不得骂，上工不久，又不干了。 在穷途上，她自己选了这捡烂纸换取灯儿的职业，一天的生活，勉强可以维持下去。

向高与春桃分别后的历史倒很简单，他到涿州去，找不着亲人，有一两个世交，听他说是逃难来的，都不很愿意留他住下，不得已又流到北京来。 由别人的介绍，他认识胡同口那卖酸梅汤的老吴，老吴借他现在住的破院子住，说明有人来赁，他得另找地方。 他没事做，只帮着老吴算算账，卖卖货。 他白住房子白做活，只赚两顿吃。 春桃的捡纸生活渐次发达了，原住的地方，人家不许她堆货，她便沿着德胜门墙根来找住处。 一敲门，正是认识的刘向高。 她不用经过许多手续，便向老吴赁下这房子，也留向高住下，帮她的忙。 这都是三年前的事了。 他认得几个字，在春桃捡来和换来的字纸里，也会抽出些少比较能卖钱的东西，如画片或某将军、某总长写的对联、信札之类。 二人合作，事业更有进步。 向高有时也教她认几个字，但没有什么功效，因为他自己认得的也不算多，解字就更难了。

他们同居这些年，生活状态，若不配说像鸳鸯，便说像一对小家雀罢。

言归正传。 春桃进屋里，向高已提着一桶水在她后面跟着走。 他用快活的声调说："媳妇，快洗罢，我等饿了。 今晚咱们吃点好的，烙葱花饼，赞成不赞成？ 若赞成，我就买葱酱去。"

"媳妇，媳妇，别这样叫，成不成？"春桃不耐烦地说。

"你答应我一声，明儿到天桥给你买一顶好帽子去。 你不说帽子该换了么？"向高再要求。

"我不爱听。"

他知道妇人有点不高兴了，便转口问："到底吃什么？说呀！"

"你爱吃什么，做什么给你吃。 买去罢。"

向高买了几根葱和一碗麻酱回来，放在明间的桌上。 春桃擦过澡出来，手里拿着一张红帖子。

"这又是哪一位王爷的龙凤帖！ 这次可别再给小市那老李了。 托人拿到北京饭店去，可以多卖些钱。"

"那是咱们的。 要不然，你就成了我的媳妇啦？ 教了你一两年的字，连自己的姓名都认不得！"

"谁认得这么些字？ 别媳妇媳妇的，我不爱听。 这是谁写的？"

"我填的。 早晨巡警来查户口，说这两天加紧戒严，哪家有多少人，都得照实报。 老吴教我们把咱们写成两口子，省得麻烦。 巡警也说写同居人，一男一女，不妥当。 我便把上次没卖掉的那份空帖子填上了。 我填的是辛未年咱们办喜事。"

"什么？ 辛未年？ 辛未年我哪儿认得你？ 你别捣乱啦。 咱们没拜过天地，没喝过交杯酒，不算两口子。"

春桃有点不愿意，可还和平地说出来。 她换了一条蓝布裤。 上身是白的，脸上虽没脂粉，却呈露着天然的秀丽。若她肯嫁的话，按媒人的行情，说是二十三四的小寡妇，最少还可以值得一百八十的。

她笑着把那礼帖搓成一长条，说："别捣乱！ 什么龙凤帖？ 烙饼吃了罢。"她掀起炉盖把纸条放进火里，随即到桌边和面。

向高说："烧就烧罢，反正巡警已经记上咱们是两口子；若是官府查起来，我不会说龙凤帖在逃难时候丢掉的么？ 从今儿起，我可要叫你做媳妇了。 老吴承认，巡警也承认，你不愿意，我也要叫。 媳妇嗳！ 媳妇嗳！ 明天给你买帽子去，戒指我打不起。"

"你再这样叫，我可要恼了。"

"看来，你还想着那李茂。"向高的神气没像方才那么高兴。 他自己说着，也不一定要春桃听见，但她已听见了。

"我想他？ 一夜夫妻，分散了四五年没信，可不是白想?"春桃这样说。 她曾对向高说过她出阁那天的情形。 花轿进了门，客人还没坐席，前头两个村子来人说，大队兵已经到了，四处拉人挖战壕，吓得大家都逃了，新夫妇也赶紧收拾东西，随着大众往西逃。 同走了一天一宿。 第二宿，前面连嚷几声"胡子来了，快躲罢"，那时大家只顾躲，谁也顾不了谁。 到天亮时，不见了十几个人，连她丈夫李茂也在里头。 她继续方才的话说："我想他一定跟着胡子走了，也许早被人打死了。 得啦，别提他啦。"

她把饼烙好了，端到桌上。 向高向沙锅里舀了一碗黄瓜汤，大家没言语，吃了一顿。 吃完，照例在瓜棚底下坐坐谈谈。 一点点的星光在瓜叶当中闪着。 凉风把萤火送到棚上，像星掉下来一般。 晚香玉也渐次散出香气来，压住四围的臭味。

"好香的晚香玉!"向高摘了一朵，插在春桃的鬓上。

"别糟蹋我的晚香玉。 晚上戴花，又不是窑姐儿。"她取下来，闻了一闻，便放在朽梁上头。

"怎么今儿回来晚啦？"向高问。

"吓！ 今儿做了一批好买卖！ 我下午正要回家，经过后门，瞧见清道夫推着一大车烂纸，问他从哪儿推来的；他说是从神武门甩出来的废纸。 我见里面红的、黄的一大堆，便问他卖不卖；他说，你要，少算一点装去罢。 你瞧！"她指着窗下那大篓，"我花了一块钱，买那一大篓！ 赔不赔，可不晓得，明儿检一检得啦。"

"宫里出来的东西没个错。 我就怕学堂和洋行出来的东西，分量又重，气味又坏，值钱不值，一点也没准。"

"近年来，街上包东西都作兴用洋报纸。 不晓得哪里来的那么些看洋报纸的人。 捡起来真是分量又重，又卖不出多少钱。"

"念洋书的人越多，谁都想看看洋报，将来好混混洋事。"

"他们混洋事，咱们捡洋字纸。"

"往后恐怕什么都要带上个洋字，拉车要拉洋车，赶驴要赶洋驴，也许还有洋骆驼要来。"向高把春桃逗得笑起来了。

"你先别说别人。 若是给你有钱，你也想念洋书，娶个洋媳妇。"

"老天爷知道，我绝不会发财。 发财也不会娶洋婆子。

若是我有钱，回乡下买几亩田，咱们两个种去。"

　　春桃自从逃难以来，把丈夫丢了，听见乡下两字，总没有好感想。她说："你还想回去？恐怕田还没买，连钱带人都没有了。没饭吃，我也不回去。"

　　"我说回我们锦县乡下。"

　　"这年头，哪一个乡下都是一样，不闹兵，便闹贼；不闹贼，便闹日本，谁敢回去？还是在这里捡捡烂纸罢。咱们现在只缺一个帮忙的人。若是多个人在家替你归着东西，你白天便可以出去摆地摊，省得货过别人手里，卖漏了。"

　　"我还得学三年徒弟才成，卖漏了，不怨别人，只怨自己不够眼光。这几个月来我可学了不少。邮票，哪种值钱，哪种不值，也差不多会瞧了。大人物的信札手笔，卖得出钱，卖不出钱，也有一点把握了。前几天在那堆字纸里检出一张康有为的字，你说今天我卖了多少？"他很高兴地伸出拇指和食指比仿着，"八毛钱！"

　　"说是呢！若是每天在烂纸堆里能检出八毛钱就算顶不错，还用回乡下种田去？那不是自找罪受么？"春桃愉悦的声音就像春深的莺啼一样。她接着说："今天这堆准保有好的给你检。听说明天还有好些，那人教我一早到后门等他。这两天宫里的东西都赶着装箱，往南方运，库里许多烂纸都不要。我瞧见东华门外也有许多，一口袋一口袋陆续地扔出来。明儿你也打听去。"

　　说了许多话，不觉二更打过。她伸伸懒腰站起来说：

"今天累了，歇罢！"

向高跟着她进屋里。窗户下横着土炕，够两三人睡的。在微细的灯光底下，隐约看见墙上一边贴着八仙打麻雀的谐画，一边是烟公司"还是他好"的广告画。春桃的模样，若脱去破帽子，不用说到瑞蚨祥或别的上海成衣店，只到天桥搜罗一身落伍的旗袍穿上，坐在任何草地，也与"还是他好"里那摩登女差不上下。因此，向高常对春桃说贴的是她的小照。

她上了炕，把衣服脱光了，顺手揪一张被单盖着，躺在一边。向高照例是给她按按背，捶捶腿。她每天的疲劳就是这样含着一点微笑，在小油灯的闪烁中，渐次得着苏息。在半睡的状态中，她喃喃地说："向哥，你也睡罢，别开夜工了，明天还要早起咧。"

妇人渐次发出一点微细的鼾声，向高便把灯灭了。

一破晓，男女二人又像打食的老鸹，急飞出巢，各自办各的事情去。

刚放过午炮，十刹海的锣鼓已闹得喧天。春桃从后门出来，背着纸篓，向西不压桥这边来。在那临时市场的路口，忽然听见路边有人叫她："春桃，春桃！"

她的小名，就是向高一年之中也罕得这样叫唤她一声。自离开乡下以后，四五年来没人这样叫过她。

"春桃，春桃，你不认得我啦？"

她不由得回头一瞧，只见路边坐着一个叫化子。那乞怜的声音从他满长了胡子的嘴发出来。 他站不起来，因为他两条腿已经折了。 身上穿的一件灰色的破军衣，白铁钮扣都生了锈，肩膀从肩章的破缝露出，不伦不类的军帽斜戴在头上，帽章早已不见了。

春桃望着他一声也不响。

"春桃，我是李茂呀！"

她进前两步，那人的眼泪已带着灰土透入蓬乱的胡子里。 她心跳得慌，半晌说不出话来，至终说："茂哥，你在这里当叫化子啦？ 你两条腿怎么丢啦？"

"唉，说来话长。 你从多咱起在这里呢？ 你卖的是什么？"

"卖什么！ 我捡烂纸咧。 ……咱们回家再说罢。"

她雇了一辆洋车，把李茂扶上去，把篓子也放在车上，自己在后面推着。 一直来到德胜门墙根，车夫帮着她把李茂扶下来。 进了胡同口，老吴敲着小铜碗，一面问："刘大姑，今儿早回家，买卖好呀？"

"来了乡亲啦。"她应酬了一句。

李茂像只小狗熊，两只手按在地上，帮助两条断腿爬着。

她从口袋里拿出钥匙，开了门，引着男子进去。 她把向高的衣服取一身出来，像向高每天所做的，到井边打了两桶水倒在小澡盆里教男人洗澡。 洗过以后，又倒一盆水给他洗脸。 然后扶他上炕坐，自己在明间也洗一回。

"春桃，你这屋里收拾得很干净，一个人住吗？"

"还有一个伙计。"春桃不迟疑地回答他。

"做起买卖来啦？"

"不告诉你就是捡烂纸么？"

"捡烂纸？ 一天捡得出多少钱？"

"先别盘问我，你先说你的罢。"

春桃把水泼掉，理着头发进屋里来，坐在李茂对面。

李茂开始说他的故事：

"春桃，唉，说不尽哟！ 我就说个大概罢。

"自从那晚上教胡子绑去以后，因为不见了你，我恨他们，夺了他们一杆枪，打死他们两个人，拼命地逃。 逃到沈阳，正巧边防军招兵，我便应了招。 在营里三年，老打听家里的消息，人来都说咱们村里都变成砖瓦地了。 咱们的地契也不晓得现在落在谁手里。 咱们逃出来时，偏忘了带着地契。 因此这几年也没告假回乡下瞧瞧。 在营里告假，怕连几块钱的饷也告丢了。

"我安分当兵，指望月月关饷，至于运到升官，本不敢盼。 也是我命里合该有事：去年年头，那团长忽然下一道命令，说，若团里的兵能瞄枪连中九次靶，每月要关双饷，还升差事。 一团人没有一个中过四枪；中，还是不进红心。 我可连发连中，不但中了九次红心，连剩下那一颗子弹，我也放了。 我要显本领，背着脸，弯着腰，脑袋向地，枪从裤裆放过去，不偏不歪，正中红心。 当时我心里多么快活呢。

那团长教把我带上去。 我心里想着总要听几句褒奖的话。不料那畜生翻了脸，愣说我是胡子，要枪毙我！ 他说若不是胡子，枪法决不会那么准。 我的排长、队长都替我求情，担保我不是坏人，好容易不枪毙我了，可是把我的正兵革掉，连副兵也不许我当。 他说，当军官的难免不得罪弟兄们，若是上前线督战，队里有个像我瞄得那么准，从后面来一枪，虽然也算阵亡，可值不得死在仇人手里。 大家没话说，只劝我离开军队，找别的营生去。

　　"我被革了不久，日本人便占了沈阳；听说那狗团长领着他的军队先投降去了。 我听见这事，愤不过，想法子要去找那奴才。 我加入义勇军，在海城附近打了几个月，一面打，一面退到关里。 前个月在平谷东北边打，我去放哨，遇见敌人，伤了我两条腿。 那时还能走，躲在一块大石底下，开枪打死他几个。 我实在支持不住了，把枪扔掉，向田边的小道爬，等了一天、两天，还不见有红十字会或红卍字会的人来。 伤口越肿越厉害，走不动又没吃的喝的，只躺在一边等死。 后来可巧有一辆大车经过，赶车的把我扶了上去，送我到一个军医的帐幕。 他们又不瞧，只把我扛上汽车，往后方医院送。 已经伤了三天，大夫解开一瞧，说都烂了，非用锯不可。 在院里住了一个多月，好是好了，就丢了两条腿。我想在此地举目无亲，乡下又回不去；就说回去得了，没有腿怎能种田？ 求医院收容我，给我一点事情做，大夫说医院管治不管留，也不管找事。 此地又没有残废兵留养院，迫着我不得不出来讨饭，今天刚是第三天。 这两天我常想着，若是这样下去，我可受不了，非上吊不可。"

春桃注神听他说，眼眶不晓得什么时候都湿了。 她还是静默着。 李茂用手抹抹额上的汗，也歇了一会。

"春桃，你这几年呢？ 这小小地方虽不如咱们乡下那么宽敞，看来你倒不十分苦。"

"谁不受苦？ 苦也得想法子活。 在阎罗殿前，难道就瞧不见笑脸？ 这几年来，我就是干这捡烂纸换取灯儿的生活，还有一个姓刘的同我合伙。 我们两人，可以说不分彼此，勉强能度过日子。"

"你和那姓刘的同住在这屋里？"

"是，我们同住在这炕上睡。"春桃一点也不迟疑，她好像早已有了成见。

"那么，你已经嫁给他？"

"不，同住就是。"

"那么，你现在还算是我的媳妇？"

"不，谁的媳妇，我都不是。"

李茂的夫权意识被激动了。 他可想不出什么话来说，两眼注视着地上。 当然他不是为看什么，只为有点不敢望着他的媳妇。 至终他沉吟了一句："这样，人家会笑话我是个活王八。"

"王八？"妇人听了他的话，有点翻脸，但她的态度仍是很和平。 她接着说："有钱有势的人才怕当王八。 像你，谁

许地山一家

许地山和女儿许燕吉

许地山在香港寓所

认得？ 活不留名，死不留姓，王八不王八，有什么相干？现在，我是我自己，我做的事，决不会玷着你。"

"咱们到底还是两口子，常言道，一夜夫妻百日恩——"

"百日恩不百日恩我不知道。"春桃截住他的话，"算百日恩，也过了好十几个百日恩。 四五年间，彼此不知下落；我想你也想不到会在这里遇见我。 我一个人在这里，得活，得人帮忙。 我们同住了这些年，要说恩爱，自然是对你薄得多。 今天我领你回来，是因为我爹同你爹的交情，我们还是乡亲。 你若认我做媳妇，我不认你，打起官司，也未必是你赢。"

李茂掏掏他的裤带，好像要拿什么东西出来，但他的手忽然停住，眼睛望望春桃，至终把手缩回去撑着席子。

李茂没话，春桃哭。 日影在这当中也静静地移了三四分。

"好罢，春桃，你做主。 你瞧我已经残废了，就使你愿意跟我，我也养不活你。"李茂到底说出这英明的话。

"我不能因为你残废就不要你，不过我也舍不得丢了他。大家住着，谁也别想谁是养活着谁，好不好？"春桃也说了她心里的话。

李茂的肚子发出很微细的咕噜咕噜声音。

"噢，说了大半天，我还没问你要吃什么！ 你一定很饿了。"

"随便罢，有什么吃什么。 我昨天晚上到现在还没吃，只喝水。"

"我买去。"春桃正踏出房门，向高从院外很高兴地走进来，两人在瓜棚底下撞了个满怀。"高兴什么？ 今天怎样这早就回来？"

"今天做了一批好买卖！ 昨天你背回的那一篓，早晨我打开一看，里头有一包是明朝高丽王上的表章，一份至少可卖五十块钱。 现在我们手里有十份！ 方才散了几份给行里，看看主儿出得多少，再发这几份。 里头还有两张盖上端明殿御宝的纸，行家说是宋家的，一给价就是六十块，我没敢卖，怕卖漏了，先带回来给你开开眼。 你瞧……"他说时，一面把手里的旧蓝布包袱打开，拿出表章和旧纸来。"这是端明殿御宝。"他指着纸上的印纹。

"若没有这个印，我真看不出有什么好处，洋宣比它还白咧。 怎么官里管事的老爷们也和我一样不懂眼？"春桃虽然看了，却不晓得那纸的值钱处在那里。

"懂眼？ 若是他们懂眼，咱们还能换一块几毛么？"向高把纸接过去，仍旧和表章包在包袱里。 他笑着对春桃说："我说，媳妇……"

春桃看了他一眼，说："告诉你别管我叫媳妇。"

向高没理会她，直说："可巧你也早回家。 买卖想是不错。"

"早晨又买了像昨天那样的一篓。"

"你不说还有许多么？"

"都教他们送到晓市卖到乡下包落花生去了!"

"不要紧,反正咱们今天开了光,头一次做上三十块钱的买卖。 我说,咱们难得下午都在家,回头咱们上十刹海逛逛,消消暑去,好不好?"

他进屋里,把包袱放在桌上。 春桃也跟进来。 她说:"不成,今天来了人了。"说着掀开帘子,点头招向高:"你进去。"

向高进去,她也跟着。"这是我原先的男人。"她对向高说过这话,又把他介绍给李茂说,"这是我现在的伙计。"

两个男子,四只眼睛对着,若是他们眼球的距离相等,他们的视线就会平行地接连着。 彼此都没话,连窗台上歇的两只苍蝇也不做声。 这样又教日影静静地移一二分。

"贵姓?"向高明知道,还得照例地问。

彼此谈开了。

"我去买一点吃的。"春桃又向着向高说,"我想你也还没吃罢? 烧饼成不成?"

"我吃过了。 你在家,我买去罢。"

妇人把向高拖到炕上坐下,说:"你在家陪客人谈话。"给了他一副笑脸,便自出去。

屋里现在剩下两个男人,在这样情况底下,若不能一见如故,便得打个你死我活。 好在他们是前者的情形。 但我们别想李茂是短了两条腿,不能打。 我们得记住向高是拿过三五年笔杆的,用李茂的分量满可以把他压死。 若是他有枪，更省事，一动指头，向高便得过奈何桥。

李茂告诉向高，春桃的父亲是个乡下财主，有一顷田。他自己的父亲就在他家做活和赶叫驴。因为他能瞄很准的枪，她父亲怕他当兵去，便把女儿许给他，为的是要他保护庄里的人们。这些话，是春桃没向他说过的。他又把方才春桃说的话再述一遍，渐次迫到他们二人切身的问题上头。

"你们夫妇团圆，我当然得走开。"向高在不愿意的情态底下说出这话。

"不，我已经离开她很久，现在并且残废了，养不活她，也是白搭。你们同住这些年，何必拆？我可以到残废院去。听说这里有，有人情便可进去。"

这给向高很大的诧异。他想，李茂虽然是个大兵，却料不到他有这样的侠气。他心里虽然愿意，嘴上还不得不让。这是礼仪的狡猾，念过书的人们都懂得。

"那可没有这样的道理。"向高说，"教我冒一个霸占人家妻子的罪名，我可不愿意。为你想，你也不愿意你妻子跟别人住。"

"我写一张休书给她，或写一张契给你，两样都成。"李茂微笑诚意地说。

"休？她没什么错，休不得。我不愿意丢她的脸。卖？我哪儿有钱买？我的钱都是她的。"

"我不要钱。"

"那么，你要什么？"

"我什么都不要。"

"那又何必写卖契呢？"

"因为口讲无凭，日后反悔，倒不好了。 咱们先小人，后君子。"

说到这里，春桃买了烧饼回来。 她见二人谈得很投机，心下十分快乐。

"近来我常想着得多找一个人来帮忙，可巧茂哥来了。他不能走动，正好在家管管事，检检纸。 你当跑外卖货。我还是当捡货的。 咱们三人开公司。"春桃另有主意。

李茂让也不让，拿着烧饼往嘴送，像从饿鬼世界出来的一样，他没工夫说话了。

"两个男人，一个女人，开公司？ 本钱是你的？"向高发出不需要的疑问。

"你不愿意吗？"妇人问。

"不，不，不，我没有什么意思。"向高心里有话，可说不出来。

"我能做什么？ 整天坐在家里，干得了什么事？"李茂也有点不敢赞成。 他理会向高的意思。

"你们都不用着急，我有主意。"

向高听了，伸出舌头舔舔嘴唇，还吞了一口唾沫。 李茂依然吃着，他的眼睛可在望春桃，等着听她的主意。

捡烂纸大概是女性心中的一种事业。 她心中已经派定李茂在家把旧邮票和纸烟盒里的画片捡出来。 那事情，只要有手有眼，便可以做。 她合一合，若是天天有一百几十张卷烟画片可以从烂纸堆里检出来，李茂每月的伙食便有了门。 邮票好的和罕见的，每天能检得两三个，也就不劣。 外国烟卷在这城里，一天总销售一万包左右，纸包的百分之一给她捡回来，并不算难。 至于向高还是让他检名人书札，或比较可以多卖钱的东西。 他不用说已经是个行家，不必再受指导。她自己干那吃力的工作，除去下大雨以外，在狂风烈日底下，是一样地出去捡货。 尤其是在天气不好的时候，她更要工作，因为同业们有些就不出去。

她从窗户望望太阳，知道还没到两点，便出到明间，把破草帽仍旧戴上，探头进房里对向高说："我还得去打听宫里还有东西出来没有。 你在家招呼他。 晚上回来，我们再商量。"

向高留她不住，便由她走了。

好几天的光阴都在静默中度过。 但二男一女同睡一铺炕上定然不很顺心。 多夫制的社会到底不能够流行得很广。其中的一个缘故是一般人还不能摆脱原始的夫权和父权思想。 由这个，造成了风俗习惯和道德观念。 老实说，在社会里，依赖人和掠夺人的，才会遵守所谓风俗习惯；至于依自己的能力而生活的人们，心目中并不很看重这些。 像春桃，她既不是夫人，也不是小姐；她不会到外交大楼去赴跳舞会，也没有机会在隆重的典礼上当主角。 她的行为，没人批评，也没人过问；纵然有，也没有切肤之痛。 监督她的只有巡警，但巡警是很容易对付的。 两个男人呢，向高诚然念过一点书，含糊地了解些圣人的道理，除掉些少名分的观念以外，他也和春桃一样。 但他的生活，从同居以后，完全靠着春桃。 春桃的话，是从他耳朵进去的维他命，他得听，因为于他有利。 春桃教他不要嫉妒，他连嫉妒的种子也都毁掉。 李茂呢，春桃和向高能容他住一天便住一天，他们若肯认他做亲戚，他便满足了。 当兵的人照例要丢一两个妻子。但他的困难也是名分上的。

向高的嫉妒虽然没有，可是在此以外的种种不安，常往来于这两个男子当中。

暑气仍没减少，春桃和向高不是到汤山或北戴河去的人物。 他们日间仍然得出去谋生活。 李茂在家，对于这行事业可算刚上了道，他已能分别哪一种是要送到万柳堂或天宁寺去做糙纸的，哪一样要留起来的，还得等向高回来鉴定。

春桃回家，照例还是向高侍候她。 那时已经很晚了，她在明间里闻见蚊烟的气味，便向着坐在瓜棚底下的向高说："咱们多会点过蚊烟，不留神，不把房子点着了才怪咧。"

向高还没回答，李茂便说："那不是熏蚊子，是熏秽气，我央刘大哥点的。 我打算在外面地下睡。 屋里太热，三人睡，实在不舒服。"

"我说，桌上这张红帖子又是谁的？"春桃拿起来看。

"我们今天说好了，你归刘大哥。 那是我立给他的契。"声从屋里的炕上发出来。

"哦，你们商量着怎样处置我来！ 可是我不能由你们派。"她把红帖子拿进屋里，问李茂，"这是你的主意，还是他的？"

"是我们俩的主意。 要不然，我难过，他也难过。"

"说来说去，还是那话。 你们都别想着咱们是丈夫和媳妇，成不成？"

她把红帖子撕得粉碎，气有点粗。

"你把我卖多少钱？"

"写几十块钱做个彩头。 白送媳妇给人，没出息。"

"卖媳妇，就有出息？"她出来对向高说，"你现在有钱，可以买媳妇了。 若是给你阔一点……"

"别这样说，别这样说。"向高拦住她的话，"春桃，你不明白。 这两天，同行的人们直笑话我……"

"笑你什么？"

"笑我……"向高又说不出来。 其实他没有很大的成见，春桃要怎办，十回有九回是遵从的。 他自己也不明白这是什么力量。 在她背后，他想着这样该做，那样得照他的意思办；可是一见了她，就像见了西太后似的，样样都要听她的懿旨。

"噢，你到底是念过两天书，怕人骂，怕人笑话。"

自古以来，真正统治民众的并不是圣人的教训，好像只是打人的鞭子和骂人的舌头。 风俗习惯是靠着打骂维持的。但在春桃心里，像已持着"人打还打，人骂还骂"的态度。

她不是个弱者，不打骂人，也不受人打骂。 我们听她教训向高的话，便可以知道。

"若是人笑话你，你不会揍他？ 你露什么怯？ 咱们的事，谁也管不了。"

向高没话。

"以后不要再提这事罢。 咱们三人就这样活下去，不好吗？"

一屋里都静了。 吃过晚饭，向高和春桃仍是坐在瓜棚底下，只不像往日那么爱说话。 连买卖经也不念了。

李茂叫春桃到屋里，劝她归给向高。 他说男人的心，她不知道，谁也不愿意当王八；占人妻子，也不是好名誉。 他从腰间拿出一张已经变成暗褐色的红纸帖，交给春桃，说："这是咱们的龙凤帖。 那晚上逃出来的时候，我从神龛上取下来，揣在怀里。 现在你可以拿去，就算咱们不是两口子。"

春桃接过那红帖子，一言不发，只注视着炕上破席。 她不由自主地坐下，挨近那残废的人，说："茂哥，我不能要这个，你收回去罢。 我还是你的媳妇。 一夜夫妻百日恩，我不做缺德的事。 今天看你走不动，不能干大活，我就不要你，我还能算人吗？"

她把红帖也放在炕上。

李茂听了她的话，心里很受感动。 他低声对春桃说："我瞧你怪喜欢他的，你还是跟他过日子好。 等有点钱，可以打发我回乡下，或送我到残废院去。"

"不瞒你说，"春桃的声音低下去，"这几年我和他就同两口子一样活着，样样顺心，事事如意；要他走，也怪舍不得。不如叫他进来商量，瞧他有什么主意。"她向着窗户叫，"向哥，向哥！"可是一点回音也没有。出来一瞧，向高已不在了。这是他第一次晚间出门。她愣一会，便向屋里说："我找他去。"

她料想向高不会到别的地方去。到胡同口，问问老吴。老吴说往大街那边去了。她到他常交易的地方去，都没找着。人很容易丢失，眼睛若见不到，就是渺渺茫茫无寻觅处。快到一点钟，她才懊丧地回家。

屋里的油灯已经灭了。

"你睡着啦？向哥回来没有？"她进屋里，掏出洋火，把灯点着，向炕上一望，只见李茂把自己挂在窗棂上，用的是他自己的裤带。她心里虽免不了存着女性的恐慌，但是还有胆量紧爬上去，把他解下来。幸而时间不久，用不着惊动别人，轻轻地抚揉着他，他渐次苏醒回来。

杀自己的身来成就别人是侠士的精神。若是李茂的两条腿还存在，他也不必出这样的手段。两三天以来，他总觉得自己没多少希望，倒不如毁灭自己，教春桃好好地活着。春桃于他虽没有爱，却很有义。她用许多话安慰他，一直到天亮。他睡着了，春桃下炕，见地上一些纸灰，还剩下没烧完的红纸。她认得是李茂曾给她的那张龙凤帖，直望着出神。

那天她没出门，晚上还陪李茂坐在炕上。

"你哭什么？"春桃见李茂热泪滚滚地滴下来，便这样问他。

"我对不起你。 我来干什么？"

"没人怨你来。"

"现在他走了，我又短了两条腿。 ……"

"你别这样想。 我想他会回来。"

"我盼望他会回来。"

又是一天过去了，春桃起来，到瓜棚摘了两条黄瓜做菜，草草地烙了一张大饼，端到屋里，两个人同吃。

她仍旧把破帽戴着，背上篓子。

"你今天不大高兴，别出去啦！"李茂隔着窗户对她说。

"坐在家里更闷得慌。"

她慢慢地踱出门。 做活是她的天性，虽在沉闷的心境中，她也要干。 中国女人好像只理会生活，而不理会爱情，生活的发展是她所注意的，爱情的发展只在盲闷的心境中沸动而已。 自然，爱只是感觉，而生活是实质的，整天躺在锦帐里或坐在幽林中讲爱经，也是从皇后船或总统船运来的知识。 春桃既不是弄潮儿的姊妹，也不是碧眼胡的学生，她不懂得，只会莫名其妙地纳闷。

一条胡同过了又是一条胡同。 无量的尘土，无尽的道路，涌着这沉闷的妇人。 她有时嚷"烂纸换洋取灯儿"，有时连路边一堆不用换的旧报纸，她都不捡。 有时该给人两盒取灯，她却给了五盒。 胡乱地过了一天，她便随着天上那班只会嚷嚷和抢吃的黑衣党慢慢地踱回家。 仰头看见新贴上的户口照，写的户主是刘向高妻刘氏，使她心里更闷得厉害。

刚踏进院子，向高从屋里赶出来。

她瞪着眼，只说："你回来……"其余的话用眼泪连续下去。

"我不能离开你，我的事情都是你成全的。 我知道你要我帮忙。 我不能无情无义。"其实他这两天在道上漫散地走，不晓得要往哪里去。 走路的时候，直像脚上扣着一条很重的铁镣，那一面是扣在春桃手上一样。 加以到处都遇见"还是他好"的广告，心情更受着不断的搅动，甚至饿了他也不知道。

"我已经同向哥说好了。 他是户主，我是同居。"

向高照旧帮她卸下篓子。 一面替她抹掉脸上的眼泪。他说："若是回到乡下，他是户主，我是同居。 你是咱们的媳妇。"

她没有做声，直进屋里，脱下衣帽，行她每日的洗礼。

买卖经又开始在瓜棚底下念开了。 他们商量把宫里那批字纸卖掉以后，向高便可以在市场里摆一个小摊，或者可以搬到一间大一点点的房子去住。

屋里，豆大的灯火，教从瓜棚飞进去的一只油葫芦扑灭了。 李茂早已睡熟，因为银河已经低了。

"咱们也睡罢。"妇人说。

"你先躺去，一会我给你捶腿。"

"不用啦，今天我没走多少路。 明儿早起，记得做那批买卖去，咱们有好几天不开张了。"

"方才我忘了拿给你。 今天回家，见你还没回来，我特意到天桥去给你带一顶八成新的帽子回来。 你瞧瞧！"他在暗里摸着那帽子，要递给她。

"现在哪里瞧得见！ 明天我戴上就是。"

院子都静了，只剩下晚香玉的香还在空气中游荡。 屋里微微地可以听见"媳妇"和"我不爱听，我不是你的媳妇"等对答。

　　离电话机不远的廊子底下坐着几个听差，有说有笑，但不晓得到底是谈些什么。　忽然电话机响起来了，其中一个急忙走过去摘下耳机，问："喂，这是社会局，您找谁？"

　　"唔，您是陈先生，局长还没来。"

　　"……"

　　"科长？　也没来，还早呢。"

　　"……"

　　"请胡先生说话。　是咯，请您候一候。"

　　听差放下耳机迳自走进去，开了第二科的门，说："胡先生，电话，请到外头听去罢，屋里的话机坏了。"

　　屋里有三个科员，除了看报抽烟以外，个个都像没事情可办。　靠近窗边坐着的那位胡先生出去以后，剩下的两位起首谈论起来。

　　"子清，你猜是谁来的电话？"

　　"没错，一定是那位。"他说时努嘴向着靠近窗边的另一个座位。

"我想也是她。 只是可为这傻瓜才会被她利用，大概今天又要告假，请可为替她办桌上放着的那几宗案卷。"

"哼，可为这大头！"子清说着摇摇头，还看他的报。一会他忽跳起来说："老严，你瞧，定是为这事。"一面拿着报纸到前头的桌上，铺着大家看。

可为推门进来，两人都昂头瞧着他。 严庄问："是不是陈情又要揸你大头？"

可为一对忠诚的眼望着他，微微地笑，说："这算什么大头小头！ 大家同事，彼此帮忙……"

严庄没等他说完，截着说："同事！ 你别侮辱了这两个字罢。 她是缘着什么关系进来的？ 你晓得么？"

"老严，您老信一些闲话，别胡批评人。"

"我倒不胡批评人，你才是糊涂人哪。 你想陈情真是属意于你？"

"我倒不敢想，不过是同事……"

"又是'同事''同事'，你说局长的候选姨太好不好？"

"老严，您这态度，我可不敢佩服，怎么信口便说些伤人格的话？"

"我说的是真话，社会局同人早该鸣鼓而攻之，还留她在同人当中出丑。"

子清也像帮着严庄，说："老胡是着了迷，真是要变成老糊涂了。 老严说的对不对，有报为证。"说着又递方才看的那张报纸给可为，指着其中一段说："你看！"

可为不再做声，拿着报纸坐下了。

看过一遍，便把报纸扔在一边，摇摇头说："谣言，我不信。 大概又是记者访员们的影射行为。"

"嗤！"严庄和子清都笑出来了。

"好个忠实信徒！"严庄说。

可为皱一皱眉头，望着他们两个，待要用话来反驳，忽又低下头，撇一下嘴，声音又吞回去了。 他把案卷解开，拿起笔来批改。

十二点到了，严庄和子清都下了班。 严庄临出门，对可为说："有一个叶老太太请求送到老人院去，下午就请您去调查一下罢，事由和请求书都在这里。"他把文件放在可为桌上便出去了。 可为到陈情的位上检检那些该发出的公文。他想反正下午她便销假了，只检些待发出去的文书替她签押，其余留着给她自己办。

他把公事办完，顺将身子往后一靠，双手交抱在胸前，眼望着从窗户射来的阳光，凝视着微尘纷乱地盲动。

他开始了他的玄想。

陈情这女子到底是个什么人呢？ 他心里没有一刻不悬念着这问题。 他认得她的时间虽不很长，心里不一定是爱她，只觉得她很可以交往，性格也很奇怪，但至终不晓得她一离开公事房以后干的什么营生。 有一晚上偶然看见一个艳妆女子，看来很像她，从他面前掠过，同一个男子进万国酒店去。 他好奇地问酒店前的车夫，车夫告诉他那便是有名的

"陈皮梅"。 但她在公事房里不但粉没有擦，连雪花膏一类保护皮肤的香料都不用。 穿的也不好，时兴的阴丹士林外国布也不用，只用本地织的粗棉布。 那天晚上看见的只短了一副眼镜，她日常戴着带深紫色的克罗克斯。 局长也常对别的女职员赞美她。 但他信得过他们没有什么关系，像严庄所胡猜的。 她哪里会做像给人做姨太太那样下流的事？ 不过，看早晨的报，说她前天晚上在板桥街的秘密窟被警察拿去，她立刻请出某局长去把她领出来。 这样她或者也是一个不正当的女人。 每常到肉市她家里，总见不着她。 她到哪里去了呢？ 她家里没有什么人，只有一个老妈子，按理每月几十块薪水准可以够她用了，她何必出来干那非人的事？ 想来想去，想不出一个恰当的理由。

钟已敲一下了，他还叉着手坐在陈情的位上，双眼凝视着，心里想，或者是这个原因罢，或者是那个原因罢。

他想她也是一个北伐进行中的革命女同志，虽然没有何等的资格和学识，却也当过好几个月战地委员会的什么秘书长一类的职务。 现在这个职位，看来倒有些屈了她，月薪三十元，真不如其他办革命的同志们。 她有一位同志，在共同秘密工作的时候，刚在大学一年级，被捕下狱。 坐了三年监，出来，北伐已经成功了。 她便仗着三年间的铁牢生活，请党部移文给大学，说她有功党国，准予毕业。 果然，不用上课，也不用考试，一张毕业文凭便到了手，另外还安置她一个肥缺。 陈情呢？ 白做走狗了！ 几年来，出生入死，据她说，她亲自收掩过几次被枪决的同志。 现在还有几个同志家属，是要仰给于她的。 若然，三十元真是不够。 然而，她为什么下去找别的事情做呢？ 也许严庄说的对。 他说陈在外间，声名狼藉，若不是局长维持她，她给局长一点便宜，恐怕连这小小差事也要掉了。

这样没系统和没伦理的推想，足把可为的光阴消磨了一点多钟。 他饿了，下午又有一件事情要出去调查，不由得伸伸懒腰，抽出一个抽屉，要拿浆糊把批条糊在卷上。 无意中看见抽屉里放着一个巴黎拉色克香粉小红盒。 那种香气，直如那晚上在万国酒店门前闻见的一样。 她用这东西么？ 他自己问。 把小盒子拿起来，打开，原来已经用完了。 盒底有一行用铅笔写的小字，字迹已经模糊了，但从铅笔的浅痕，还可以约略看出是"北下洼八号"。 唔，这是她常去的一个地方罢？ 每常到她家去找她，总找不着，有时下班以后自请送她回家时，她总有话推辞。 有时晚间想去找她出来走走，十次总有九次没人应门，间或一次有一个老太太出来说，"陈小姐出门啦"。 也许她是一只夜蛾，要到北下洼八号才可以找到她。 也许那是她的朋友家，是她常到的一个地方。 不，若是常到的地方，又何必写下来呢？ 想来想去总想不透，他只得皱皱眉头，叹了一口气，把东西放回原地，关好抽屉，回到自己座位。 他看看时间快到一点半，想着不如把下午的公事交代清楚，吃过午饭不用回来，一直便去访问那个叶姓老婆子。 一切都弄停妥以后，他戴着帽子，迳自出了房门。

　　一路上他想着那一晚上在万国酒店看见的那个，若是陈修饰起来，可不就是那样。　他闻闻方才拿过粉盒的指头，一面走，一面玄想。

　　在饭馆随便吃了些东西，老胡便依着地址去找那叶老太太。　原来叶老太太住在宝积寺后的破屋里，外墙是前几个月下大雨塌掉的，破门里放着一个小炉子，大概那便是她的移动厨房了。　老太太在屋里听见有人，便出来迎客。　可为进屋里只站着，因为除了一张破炕以外，椅桌都没有。　老太太直让他坐在炕上，他又怕臭虫，不敢逞自坐下，老太太也只得陪着站在一边。　她知道一定是社会局长派来的人，开口便问："先生，我求社会局把我送到老人院的事，到底成不成呢？"那种轻浮的气度，谁都能够理会她是一个不问是非，想什么便说什么的女人。

　　"成倒是成，不过得看看你的光景怎样。　你有没有亲人在这里呢？"可为问。

　　"没有。"

　　"那么，你从前靠谁养活呢？"

　　"不用提啦。"老太太摇摇头，等耳上那对古式耳环略为摆定了，才继续说，"我原先是一个儿子养我，哪想前几年他忽然入了什么要命党——或是敢死党，我记不清楚了——可真要了他的命。　他被人逮了以后，我带些吃的穿的去探了好几次，总没得见面。　到巡警局，说是在侦缉队；到侦缉队，又说在司令部；到司令部，又说在军法处。 等我到军法处，一个大兵指着门前的大牌楼，说在那里。 我一看可吓坏了！他的脑袋就挂在那里！ 我昏过去大半天，后来觉得有人把我扶起来，大概也灌了我一些姜汤，好容易把我救活了，我睁眼一瞧已是躺在屋里的炕上，在我身边的是一个我没见过的姑娘。 问起来，才知道是我儿子的朋友陈姑娘。 那陈姑娘答允每月暂且供给我十块钱，说以后成了事，官家一定有年俸给我养老。 她说入要命党也是做官，被人砍头或枪毙也算功劳。 我儿子的名字，一定会记在功劳簿上的。 唉，现在的世界到底是怎么一回事，我也糊涂了。 陈姑娘养活了我，又把我的侄孙，他也是没爹娘的，带到她家，给他进学堂，现在还是她养着。"

老太太正要说下去，可为忽截着问："你说这位陈姑娘，叫什么名字？"

"名字？"她想了很久，才说，"我可说不清，我只叫她陈姑娘，我侄孙也叫她陈姑娘。 她就住在肉市大街，谁都认识她。"

"是不是戴着一副紫色眼镜的那位陈姑娘？"

老太太听了他的问，像很兴奋地带着笑容望着他连连点头说："不错，不错，她戴的是紫色眼镜。 原来先生也认识她，陈姑娘。"她又低下头去，接着说补充的话："不过，她晚上常不戴镜子。 她说她眼睛并没毛病，只怕白天太亮了，戴着挡挡太阳，一到晚上，她便除下了。 我见她的时候，还是不戴镜子的多。"

"她是不是就在社会局做事？"

"社会局？我不知道。她好像也入了什么会似的。她告诉我从会里得的钱除分给我以外，还有两三个人也是用她的钱。大概她一个月的入款最少总有二百多，不然，不能供给那么些人。"

"她还做别的事吗？"

"说不清。我也没问过她。不过她一个礼拜总要到我这里来三两次，来的时候多半在夜里，我看她穿得顶讲究的。坐不一会，每有人来找她出去。她每告诉我，她夜里有时比日里还要忙。她说，出去做事，得应酬，没法子。我想她做的事情一定很多。"

可为越听越起劲，像那老婆子的话句句都与他有关系似的，他不由得问："那么，她到底住在什么地方呢？"

"我也不大清楚，有一次她没来，人来我这里找她。那人说，若是她来，就说北下洼八号有人找，她就知道了。"

"北下洼八号，这是什么地方？"

"我不知道。"老太太看他问得很急，很诧异地望着他。

可为愣了大半天，再也想不出什么话问下去。

老太太也莫明其妙，不觉问此一声："怎么，先生只打听陈姑娘，难道她闹出事来了么？"

"不，不，我打听她，就是因为你的事，你不说从前都是她供给你么？现在怎么又不供给了呢？"

　　"嗐！"老太太摇着头，揸着拳头向下一顿，接着说，"她前几天来，偶然谈起我儿子。她说我儿子的功劳，都教人给上在别人的功劳簿上了。她自己的事情也是飘飘摇摇，说不定哪一天就要下来。她教我到老人院去挂个号，万一她的事情不妥，我也有个退步。我到老人院去，院长说现在人满了，可是还有几个社会局的额，教我立刻找人写禀递到局里去。我本想等陈姑娘来，请她替我办。因为那晚上我们有点拌嘴，把她气走了。她这几天都没来，教我很着急。昨天早晨，我就在局前的写字摊花了两毛钱，请那先生给写了一张请求书递进去。"

　　"看来，你说的那位陈姑娘我也许认识，她也许就在我们局里做事。"

　　"是么？我一点也不知道。她怎么今日不同您来呢？"

　　"她有三天不上衙门了。她说今儿下午去，我没等她便出来啦。若是她知道，也省得我来。"

　　老太太不等更真切的证明，已认定那陈姑娘就是在社会局的那一位。她用很诚恳的眼光射在可为脸上问："我说，陈姑娘的事情是不稳么？"

　　"没听说，怕不至于罢。"

　　"她一个月支多少薪水？"

　　可为不愿意把实情告诉她，只说："我也弄不清，大概不少罢。"

　　老太太忽然沉下脸去发出失望带着埋怨的声音说："这

姑娘也许嫌我累了她，不愿意再供给我了。好好的事情在做着，平白地瞒我干什么！"

"也许她别的用费大了，支不开。"

"支不开？从前她有丈夫的时候也天天嚷穷，可是没有一天不见她穿缎戴翠。穷就穷到连一个月给我几块钱用也没有？我不信。也许这几年所给我的，都是我儿子的功劳钱，瞒着我，说是她拿出来的。不然，我同她既不是亲，也不是戚，她凭什么养我一家？"

可为见老太太说上火了，忙着安慰她说："我想陈姑娘不是这样人。现在在衙门里做事，就是做一天算一天，谁也保不定能做多久，你还是不要多心罢。"

老太太走前两步，低声地说："我何尝多心？她若是一个正经女人，她男人何致不要她。听说她男人现时在南京或是上海当委员，不要她啦。他逃后，她的肚子渐渐大起来，花了好些钱到日本医院去，才取下来。后来我才听见人家说，他们并没穿过礼服，连酒都没请人喝过，怨不得拆得那么容易。"

可为看老太太一双小脚站得进一步退半步的，忽觉他也站了大半天，脚步未免也移动一下。老太太说："先生，您若不嫌脏就请坐坐，我去沏一点水您喝，再把那陈姑娘的事细细地说给您听。"可为对于陈的事情本来知道一二，又见老太太对于她的事业的不明瞭和怀疑，料想说不出什么好话。即如到医院堕胎，陈自己对他说是因为身体软弱，医生说非取出不可。 关于她男人遗弃她的事，全局的人都知道，除他以外多数是不同情于她的。 他不愿意再听她说下去，一心要去访北下洼八号，看到底是个什么人家。 于是对老太太说："不用张罗了，您的事情，我明天问问陈姑娘，一定可以给你办妥。 我还有事，要到别处去，你请歇着罢。"一面说，一面踏出院子。

老太太在后面跟着，叮咛可为切莫向陈姑娘打听，恐怕她说坏话。 可为说："断不会，陈姑娘既然教你到老人院，她总有苦衷，会说给我知道，你放心罢。"出了门，可为又把方才拿粉盒的手指举到鼻端，且走且闻，两眼像看见陈情就在他前头走，仿佛是领他到北下洼去。

北下洼本不是热闹街市，站岗的巡警很优游地在街心踱来踱去。 可为一进街口，不费力便看见八号的门牌。 他站在门口，心里想："找谁呢？"他想去问岗警，又怕万一问出了差，可了不得。 他正在踌躇，当头来了一个人，手里一碗酱，一把葱，指头还吊着几两肉，到八号的门口，大嚷："开门。"他便向着那人抢前一步，话也在急忙中想出来。

"那位常到这里的陈姑娘来了么？"

那人把他上下估量了一会，便问："哪一位陈姑娘？ 您来这里找过她么？"

"我……"他待要说没有时，恐怕那人也要说没有一位陈姑娘，许久才接着说，"我跟人家来过，我们来找过那位陈姑娘，她一头的刘海发不像别人烫得像石狮子一样，说话像南方人。"

那人连声说："唔，唔，她不一定来这里。 要来，也得七八点以后。 您贵姓？ 有什么话请您留下，她来了我可以告诉她。"

"我姓胡，只想找她谈谈。 她今晚上来不来？"

"没准，胡先生今晚若是来，我替您找去。"

"你到哪里找她去呢？"

"哼，哼！！"那人笑着，说，"到她家里，她家就离这里不远。"

"她不是住在肉市吗？"

"肉市？ 不，她不住在肉市。"

"那么她住在什么地方？"

"她们这路人没有一定的住所。"

"你们不是常到宝积寺去找她么？"

"看来您都知道，是她告诉您她住在那里么？"

可为不由得又要扯谎，说："是的，她告诉过我。 不过方才我到宝积寺，那老太太说到这里来找。"

"现在还没黑，"那人说时仰头看看天，又对着可为说，"请您上市场去绕个弯再回来，我替您叫她去。 不然请进来歇一歇，我叫点东西您用，等我吃过饭，马上去找她。"

"不用，不用，我回头来罢。"可为果然走出胡同口，雇了一辆车上公园去，找一个僻静的茶店坐下。

茶已沏过好几次，点心也吃过，好容易等到天黑了。 十一月的黝云埋没了无数的明星，悬在园里的灯也被风吹得摇动不停，游人早已绝迹了，可为直坐到听见街上的更夫敲着二更，然后踱出园门，直奔北下洼而去。

门口仍是静悄悄的，路上的人除了巡警，一个也没有。他急进前去拍门，里面大声问："谁？"

"我姓胡。"

门开了一条小缝，一个人露出半脸，问："您找谁？"

"我找陈姑娘。"可为低声说。

"来过么？"那人问。

可为在微光里虽然看不出那人的面目，从声音听来，知道他并不是下午在门口同他回答的那一个。他一手急推着门，脚先已踏进去，随着说："我约过来的。"

那人让他进了门口，再端详了一会，没领他往哪里走，可为也不敢走了。他看见院子里的屋子都像有人在里面谈话，不晓得进哪间合适。那人见他不像是来过的，便对他说："先生，您跟我走。"

这是无上的命令，教可为没法子不跟随他。那人领他到后院去穿过两重天井，过一个穿堂，才到一个小屋子。可为进去四围一望，在灯光下只见铁床一张，小梳妆桌一台放在窗下，桌边放着两张方木椅。房当中安着一个发不出多大暖气的火炉，门边还放着一个脸盆架，墙上只有两三只冻死了的蝈蝈，还囚在笼里像装饰品一般。

"先生请坐，人一会就来。"那人说完便把门反掩着。

可为这时心里不觉害怕起来。 他一向没到过这样的地方，如今只为要知道陈姑娘的秘密生活，冒险而来，一会她来了，见面时要说呢，若是把她羞得无地可容，那便造孽了。 一会，他又望望那扇关着的门，自己又安慰自己说："不妨，如果她来，最多是向她求婚罢了。 ……她若问我怎样知道时，我必不能说看见她的旧粉盒子。 不过，既是求爱，当然得说真话，我必得告诉她我的不该，先求她饶恕……"

门开了，喜惧交迫的可为，急急把视线连在门上，但进来的还是方才那人。 他走到可为跟前，说："先生，这里的规矩是先赏钱。"

"你要多少？"

"十块，不多罢。"

可为随即从皮包里取出十元票子递给他。

那人接过去，又说："还请您打赏我们几块。"

可为有点为难了，他不愿意多纳，只从袋里掏出一块，说："算了罢。"

"先生，损一点，我们还没把茶钱和洗褥子的钱算上哪，多花您几块罢。"

可为说："人还没来，我知道你把钱拿走，去叫不去叫？"

"您这一点钱，还想叫什么人？ 我不要啦，您带着。"说着真个把钱都交回可为。 可为果然接过来，一把就往口袋里塞。 那人见是如此，又抢进前揸住他的手，说："先生，您这算什么？"

"我要走，你不是不替我把陈姑娘找来吗？"

"你瞧，你们有钱的人拿我们穷人开玩笑来啦？ 我们这里有白进来，没有白出去的。 你要走也得，把钱留下。"

"什么，你这不是抢人么？"

"抢人？ 你平白进良民家里，非奸即盗，你打什么主意？"那人翻出一副凶怪的脸，两手把可为拿定，又嚷一声，推门进来两个大汉，把可为团团围住，问他："你想怎样？"可为忽然看见那么些人进来，心里早已着了慌，简直闹得话也说不出来。 一会他才鼓着气说："你们真是要抢人么？"

那三人动手掏他的皮包了。 他推开了他们，直奔到门边，要开门，不料那是往里开的，门里的钮也没有了。 手滑，拧不动，三个人已追上来。 他们把他拖回去，说："你跑不了，给钱罢。 舒服要钱买，不舒服也得用钱买。 你来找我们开心，不给钱，成么？"

可为果真有气了，他端起门边的脸盆向他们扔过去，脸盆掉在地上，砰嘣一声，又进来两个好汉，现在屋里是五个打一个。

"反啦？"刚进来的那两个同声问。

可为气得鼻息也粗了。

"动手罢。"说时迟，那时快，五个人把可为的长挂子剥下来，取下他一个大银表，一支墨水笔，一个银包，还送他两拳，加两个耳光。

他们抢完东西，把可为推出房门，用手巾包着他的眼和塞着他的口，两个揸着他的手，从一扇小门把他推出去。

可为心里想："糟了！ 他们一定下毒手要把我害死了！"手虽然放了，却不晓得抵抗，停一回，见没有什么动静，才把嘴里手巾拿出来，把绑眼的手巾打开，四围一望原来是一片大空地，不但巡警找不着，连灯也没有。 他心里懊悔极了，到这时才疑信参半，自己又问："到底她是那天酒店前的车夫所说的陈皮梅不是？"慢慢地踱了许久才到大街，要报警自己又害羞，只得急急雇了一辆车回公寓。

他在车上，又把午间拿粉盒的手指举到鼻端间，忽而觉得两颊和身上的余痛还在，不免又去摩挲摩挲。 在道上，一连打了几个喷嚏，才记得他的大衣也没有了。 回到公寓，立即把衣服穿上，精神兴奋异常，自在厅上踱来踱去，直到极疲乏的程度才躺在床上。 合眼不到两个时辰，睁开眼时，已是早晨九点，他忙爬起来坐在床上，觉得鼻子有点不透气，于是急急下床教伙计提热水来。 过一会，又匆匆地穿上厚衣服，上街门去。

他到办公室，严庄和子清早已各在座上。

"可为，怎么今天晚到啦？"子清问。

"伤风啦，本想不来的。"

"可为，新闻又出来了！"严庄递给可为一封信，这样说，"这是陈情辞职的信，方才一个孩子交进来的。"

"什么？ 她辞职！"可为诧异了。

"大概是昨天下午同局长闹翻了。"子清用报告的口吻接着说，"昨天我上局长办公室去回话，她已先在里头，我坐在室外候着她出来。 局长照例是在公事以外要对她说些'私事'。 我说的'私事'你明白。"他笑向着可为，"但是这次不晓得为什么闹翻了。 我只听见她带着气说：'局长，请不要动手动脚，在别的夜间你可以当我是非人，但在日间我是个人，我要在社会做事，请您用人的态度来对待我。'我正注神听着，她已大踏步走近门前，接着说：'撤我的差罢，我的名誉与生活再也用不着您来维持了。'我停了大半天，至终不敢进去回话，也回到这屋里。 我进来，她已走了。 老严，你看见她走时的神气么？"

"我没留神。 昨天她进来，像没坐下，把东西检一检便走了，那时还不到三点。"严庄这样回答。

"那么，她真是走了。 你们说她是局长的候补姨太，也许永不能证实了。"可为一面接过信来打开看，信中无非说些官话。 他看完又折起来，纳在信封里，按铃叫人送到局长室。 他心里想陈情总会有信给他，便注目在他的桌上。 明漆的桌面只有昨夜的宿尘，连纸条都没有。 他坐在自己的位上，回想昨夜的事情，同事们以为他在为陈情辞职出神，调笑着说："可为，别再想了，找苦恼受干什么？ 方才那送信的孩子说，她已于昨天下午五点钟搭火车走了，你还想什么？"

　　说者无心，听者有意，可为只回答："我不想什么，只估量她到底是人还是非人。"说着，自己摸自己的嘴巴，这又引他想起在屋里那五个人待遇他的手段。　他以为自己很笨，为什么当时不说是社会局人员，至少也可以免打。　不，假若我说是社会局的人，他们也许会把我打死咧。　……无论如何，那班人都可恶，得通知公安局去逮捕，房子得封，家具得充公。　他想有理，立即打开墨盒，铺上纸，预备起信稿，写到"北下洼八号"，忽而记起陈情那个空粉盒。　急急过去，抽开屉子，见原物仍在。　他取出来，正要往袋里藏，可巧被子清看见。

　　"可为，到她屉里拿什么？"

　　"没什么！　昨天我在她座位上办公，忘掉把我一盒日快丸拿去，现在才记起。"他一面把手插在袋里，低着头，回来本位，取出小手巾来擤鼻子。

一

武昌竖起革命的旗帜已经一个多月了。 在广州城里的驻防旗人个个都心惊胆战，因为杀满洲人的谣言到处都可以听得见。 这年的夏天，一个正要到任的将军又在离码头不远的地方被革命党炸死，所以在这满伏着革命党的城市，更显得人心惶惶。 报章上传来的消息都是民军胜利，"反正"的省份一天多过一天。 本城的官僚多半预备挂冠归田，有些还能很骄傲地说："腰间三尺带是我殉国之具。"商人也在观望着，把财产都保了险或移到安全的地方——香港或澳门。 听说一两日间民军便要进城，住在城里的旗人更吓得手足无措，他们真怕汉人屠杀他们。

在那些不幸的旗人中，有一个人，每天为他自己思维，却想不出一个避免目前的大难的方法。 他本是北京一个世袭一等轻车都尉，隶属正红旗下，同时也曾中过举人，这时在镇粤将军衙门里办文书。 他的身材很雄伟，若不是颔下的大髯胡把他的年纪显出来，谁也看不出他是五十多岁的人。 那时已近黄昏，堂上的灯还没点着，太太旁边坐着三个从十一岁到十五六岁的子女，彼此都现出很不安的状态。 他也坐在一边，捋着胡子，沉静地看着他的家人。

"老爷，革命党一来，我们要往哪里逃呢？"太太破了沉寂，很诚恳问她的老爷。

"哼，往哪里逃？"他摇头说，"不逃，不逃，不能逃。逃出去无异自己去找死。 我每年的俸银二百多两，合起衙门里的津贴和其它的入款也不过五六百两，除掉这所房子以外也就没有什么余款。 这样省省地过日子还可以支持过去，若一逃走，纵然革命党认不出我们是旗人，侥幸可以免死，但有多少钱能够支持咱家这几口人呢？"

"这倒不必老爷挂虑，这二十几年来我私积下三万多块，我想咱们不如到海边去买几亩地，就做了乡下人也强过在这里担心。"

"太太的话真是所谓妇人女子之见。 若是那么容易到乡下去落户，那就不用发愁了。 你想我的身份能够撇开皇上不顾吗？ 做奴才得为主子，做人臣得为君上。 他们汉官可以革命，咱们可就不能，革命党要来，在我们的地位就得同他们开火；若不能打，也不能弃职而逃。"

"那么，老爷忠心为国一定是不逃了。 万一革命党人马上杀到这里来，我们要怎办呢？"

"大丈夫可杀不可辱，我们自然不能受他们的凌辱。 等时候到来，再相机行事罢。"他看着他三个孩子，不觉黯然叹了一声。

太太也叹一声，说："我也是为这班小的发愁啊。他们都没成人，万一咱们两口子尽了节，他们……"她说不出来了，只不歇地用手帕去擦眼睛。

他问三个孩子说："你们想怎么办呢？"一双闪烁的眼睛注视着他们。

两个大孩子都回答说："跟爹妈一块儿死罢。"那十一岁的女儿麟趾好像不懂他们商量的都是什么，一声也不响，托着腮只顾想她自己的。

"姑娘，怎么今儿不响啦？你往常的话儿是最多的。"她父亲这样问她。

她哭起来了，可是一句话也没有。

太太说："她小小年纪，懂得什么，别问她啦。"她叫："姑娘到我跟前来罢。"趾儿抽噎着走到跟前，依着母亲的膝下。母亲为她将将鬓额，给她擦掉眼泪。

他将着胡子，像理会孩子的哭已经告诉了她的意思，不由得得意地说："我说小姑娘是很聪明的，她有她的主意。"随即站起来又说："我先到将军衙门去，看看下午有什么消息，一会儿就回来。"他整一整衣服，就出门去了。

风声越来越紧，到城里竖起革命旗的那天，果然秩序大乱，逃的逃，躲的躲，抢的抢，该死的死。那位腰间带着三尺殉国之具的大吏也把行李收束得紧紧地，领着家小回到本乡去了。街上"杀尽满洲人"的声音，也摸不清是真的，还是市民高兴起来一时发出这得意的话。这里一家把大门严严

地关起来，不管外头闹得多么凶，只安静地在堂上排起香
案，两夫妇在正午时分穿起朝服向北叩了头，表告了满洲诸
帝之灵，才退入内堂，把公服换下来。 他想着他不能领兵出
去和革命军对仗，已经辜负朝廷豢养之恩，所以把他的官爵
职位自己贬了，要用世奴资格报效这最后一次的忠诚。 他斟
了一杯醇酒递给太太说："太太请喝这一杯罢。"他自己也
喝，两个男孩也喝了，趾儿只喝了一点。 在前两天，太太把
佣仆都打发回家，所以屋里没有不相干的人。

两小时就在这醇酒应酬中度过去。 他并没醉，太太和三
个孩子已躺在床上睡着了。 他出了房门，到书房去，从墙上
取下一把宝剑，捧到香案前，叩了头，再回到屋里，先把太
太杀死，再杀两个孩子。 一连杀了三个人，满屋里的血腥、
酒味把他刺激得像疯人一样。 看见他养的一只狗正在门边伏
着，便顺手也给它一剑，跑到厨房去把一只猫和几只鸡也杀
了。 他挥剑砍猫的时候，无意中把在灶边灶君龛外那盏点着
的神灯挥到劈柴堆上去，但他一点也不理会。 正出了厨房门
口，马圈里的马嘶了一声，他于是又赶过去照马头一砍。 马
不晓得这是它尽节的时候，连踢带跳，用尽力量来躲开他的
剑。 他一手揪住络头的绳子，一手尽管往马头上乱砍，至终
把它砍倒。

回到上房，他的神情已经昏迷了，扶着剑，瞪眼看着地
上的血迹。 他发现麟趾不在屋里，刚才并没杀她，于是提起
剑来，满屋里找。 他怕她藏起来，但在屋里无论怎样找，看

看床底，开开柜门，都找不着。 院里有一口井，井边正留着一只麟趾的鞋。 这个引他到井边来。 他扶着井栏，探头望下去；从他两肩透下去的光线，使他觉得井底有衣服浮现的影儿，其实也看不清楚。 他对着井底说："好，小姑娘，你到底是个聪明孩子，有主意！"他从地上把那只鞋捡起来，也扔在井里。

他自己问："都完了，还有谁呢？"他忽然想起在衙门里还有一匹马，它也得尽节。 于是忙把宝剑提起，开了后园的门，一直往衙门的马圈里去。 从后园门出去是一条偏僻的小街，常时并没有什么人往来，那小街口有一座常关着大门的佛寺。 他走过去时，恰巧老和尚从街上回来，站在寺门外等开门，一见他满身血迹，右手提剑，左手上还在滴血，便抢前几步拦住他说："太爷，您怎么啦？"他见有人拦住，眼睛也看不清，举起剑来照着和尚头便要砍下去。 老和尚眼快，早已闪了身子，等他砍了空，再夺他的剑。 他已没气力了，看着老和尚一言不发。 门开了，老和尚先扶他进去，把剑靠韦陀香案边放着，然后再扶他到自己屋里，给他解衣服；又忙着把他自己的大衲给他披上，并且为他裹手上的伤。 他渐次清醒过来，觉得左手非常地痛，才记起方才砍马的时候，自己的手碰着了刀口。 他把老和尚给他裹的布条解开看时，才发现了两个指头已经没了，这一个感觉更使他格外痛楚。屠人虽然每日屠猪杀羊，但是一见自己的血，心也会软，不说他趁着一时的义气演出这出惨剧，自然是受不了。 痛是本能上保护生命的警告，去了指头的痛楚已经使他难堪，何况自杀！但他的意志，还是很刚强，非自杀不可。老和尚与他本来很有交情，这次用很多话来劝慰他，说城里并没有屠杀旗人的事情；偶然街上有人这样嚷，也不过是无意识的话罢了。他听着和尚的劝解，心情渐渐又活过来。正在相对着没有话说的时候，外边嚷着起火，哨声、锣声，一齐送到他们耳边。老和尚说："您请躺下歇歇罢，待老衲出去看看。"

他开了寺门，只见东头乌太爷的房子着了火。他不声张，把乌太爷扶到床上躺下，看他渐次昏睡过去，然后把寺门反扣着，走到乌家门前，只见一簇人丁赶着在那里拆房子。水龙虽有一架，又不够用。幸而过了半小时，很多人合力已把那几间房子拆下来，火才熄了。

和尚回来，见乌太爷还是紧紧地扎着他的手，歪着身子，在那里睡，没惊动他。他把方才放在韦陀龛那把剑收起来，才到禅房打坐去。

二

在辛亥革命的时候，像这样全家为那权贵政府所拥戴的孺子死节的实在不多。当时麟趾的年纪还小，无论什么都怕，死自然是最可怕的一件事。她父亲要把全家杀死的那一天，她并没喝多少酒，但也得装睡。她早就想定了一个逃死的方法，总没机会去试。 父亲看见一家人都醉倒了，到外边书房去取剑的时候，她便急忙地爬起来，跑出院子。 因为跑得快，恰巧把一只鞋子跋掉了。 她赶快退回几步，要再穿上，不提防把鞋子一踢，就撞到那井栏旁边。 她顾不得去捡鞋，从院子直跑到后园。 后园有一棵她常爬上去玩的大榕树，但是家里的人都不晓得她会上树。 上榕树本来很容易，她家那棵，尤其容易上去。 她到树下，急急把身子耸上去，蹲在那分出四五杈的树干上。 平时她蹲在上头，底下的人无论从哪一方面都看不见。 那时她只顾躲死，并没计较往后怎样过。 蹲在那里有一刻钟左右，忽然听见父亲叫她。 他自然不晓得麟趾在树上。 她也不答应，越发蹲伏着，容那浓绿的密叶把她掩藏起来。 不久她又听见父亲的脚步像开了后门出去的样子。 她正在想着，忽然从厨房起了火。 厨房离那榕树很远，所以人们在那里拆房子救火的时候，她也没下来。 天已经黑了，那晚上正是十五，月很明亮，在树上蹲了几点钟，倒也不理会。 可是树上不晓得歇着什么鸟，不久就叫一声，把她全身的毛发都吓竖了。 身体本来有点冷，加上夜风带那种可怕的鸟声送到她耳边，就不由得直打抖擞。 她不能再藏在树上，决意下来看看。 然而怎么也起不来，从腿以下，简直麻痹得像长在树上一样。 好容易慢慢地把腿伸直了，一面抖擞着下了树，摸到园门。 原来她的卧房就靠近园门。 那一下午的火，只烧了厨房、她母亲的卧房、大厅和书房，至于前头的轿厅和后面她的卧房连着下房都还照旧。 她从园门闪入她的卧房，正要上床睡觉时候，忽然听见有人说话的声音，心疑是鬼，赶紧把房门关起来。 从窗户看见两个人拿着牛眼灯由轿厅那边到她这里来，心里越发害怕。 好在屋里没灯，趁着外头的灯光还没有射进来，她便蹲在门后。那两人一面说着，出了园门，她才放心。 原来他们是那条街的更夫，因为她家没人，街坊叫他们来守夜。 他们到后园，大概是去看看后园通小街那道门关没关罢。 不一会他们进来，又把园门关上。 听他们的脚音，知道旁边那间下房，他们也进去看过。 正想爬到床后去，他们已来推她的门，于是不敢动弹，还是蹲在门后。 门推不开，他们从窗户用灯照了一下。 她在门后听见其中一个人说："这间是锁着的，里头倒没有什么。"他们并不一定要进她的房间，那时她真像遇了赦一般，不晓得为什么缘故，当时只不愿意他们知道她在里头。 等他们走远了，才起来，坐在小椅上，也不敢上床睡，只想着天明时待怎办。 她决定要离开她的家，因为全家的人都死了，若还住在家里，有谁来养活她呢？ 虽然仿佛听见她父亲开了后园门出去，但以后他回来没有，她又不理会。 她想他一定是自杀了。 前天晚上，当她父亲问过她的话，上了衙门以后，她私下问过母亲："若是大家都死了，将来要在什么地方相见呢？"她母亲叹了一口气说："孩子，若都是好人，我们就会在神仙的地方相见，我们都要成仙哪。"常听见她母亲说城外有个什么山，山名她可忘记了，那里常有神仙出来度人。 她想着不如去找神仙罢，找到神仙就能与她一家人相见了。 她想着要去找神仙的事，使她心胆立时健壮起来，自己一人在黑屋里也不害怕，但盼着天快亮，她好进行。

鸡已啼过好几次，星星也次第地隐没了。 初醒的云渐渐现出灰白色，一片一片像鱼鳞摆在天上。 于是她轻轻地开了房门，出到院子来。 她想"就这样走吗"，不，最少也得带一两件衣服。 于是回到屋里，打开箱子，拿出几件衣服和梳篦等物，包成一个小包，再出房门。 藏钱的地方她本知道，本要去拿些带在身边，只因那里的房顶已经拆掉了，冒着险进去，虽然没有妨碍，不过那两人还在轿厅睡着，万一醒来，又免不了有麻烦。 再者，设使遇见神仙，也用不着钱。她本要到火场里去，又怕看见父母和二位哥哥的尸体，只远远地望着，作为拜别的意思。 她的眼泪直流，又不敢放声哭；回过身去，轻轻开了园门，再反扣着。 经过马圈，她看见那马躺在槽边，槽里和地上的血已经凝结，颜色也变了。她站在圈外，不住地掉泪。 因为她很喜欢它，每常骑它到箭道去玩。 那时天已大亮了，正在低着头看那死马的时候，眼光忽然触到一样东西，使她心伤和胆战起来。 进前两步从马槽下捡起她父亲的一节小指头，她认得是父亲左手的小指头。 因为他只留这个小指的指甲，有一寸多长，她每喜欢摸着它玩。 当时她也不顾什么，赶紧取出一条手帕，紧紧把她父亲的小指头裹起来，揣在怀里。 她开了后园的街门，也一样地反扣着。 夹着小包袱，出了小街，便急急地向北门大街放步。 幸亏一路上没人注意她，故得优游地出了城。

旧历十月半的郊外，虽不像夏天那么青翠，然而野草园蔬还是一样地绿。 她在小路上，不晓得已经走了多远，只觉身体疲乏，不得已暂坐在路边一棵榕树根上小歇，坐定了才记得她自昨天午后到歇在道旁那时候一点东西也没入口！ 眼前固然没有东西可以买来充饥，纵然有，她也没钱。 她隐约听见泉水激流的声音，就顺着找去，果然发现了一条小溪。 那时一看见水，心里不晓得有多么快活，她就到水边一掬掬地喝。 没东西吃，喝水好像也可以饱，她居然把疲乏减少了好些。 于是夹着包袱又往前跑。 她慢慢地走，用尽了诚意要会神仙，但看见路上的人，并没有一个像神仙，心里非常纳闷，因为走的路虽不多，太阳却渐渐地西斜了。 前面露出几间茅屋，她虽然没曾向人求乞过，可知道一定可以问人要一点东西吃，或打听所要去的山在哪里。 随着路径拐了一个弯，就看见一个老头子在她前面走。 看他穿着一件很宽的长袍，扶着一支黄褐色的拐杖，须发都白了，心里暗想："这位莫不就是神仙么？"于是抢前几步，恭恭敬敬地问："老伯父，请告诉我那座有神仙的山在什么地方？"他好像没听见她问的是什么话。 她问了几遍，他总没回答，只问："你是迷了道的罢？"麟趾摇摇头。 他问："不是迷道，这么晚，一个小姑娘夹着包袱，在这样的道上走，莫不是私逃的小丫头？"她又摇摇头。 她看他打扮得像学塾里的老师一样，心里想着他也许是个先生。 于是从地下捡起一块有棱的石头，就路边一棵树干上画了"我欲求仙去"几个字。 他从胸前的绿鲨皮眼镜匣里取出一副直径约有一寸五分的水晶镜子架在鼻上。 看她所写的,便笑着对她说:"哦,原来是求仙的! 你大概因为写的是'王子去求仙,丹成上九天'的仿格,想着古人有这回事,所以也要仿效仿效。 但现在天已渐渐晚了,不如先到我家歇歇,再往前走罢。"她本想不跟他去,只因问他的话也不能得着满意的指示,加以肚子实饿了,身体也乏了,若不答应,前路茫茫,也不是个去处,就点头依了他,跟着他走。

走不远,渡过一道小桥,来到茅舍的篱边。 初冬的篱笆上还挂些未残的豆花。 晚烟好像一匹无尽长的白链,从远地穿林织树一直来到篱笆与茅屋的顶巅。 老头子也不叫门,只伸手到篱门里把闩拨开了。 一只带着金铃的小黄狗抢出来,吠了一两声,又到她跟前来闻她。 她退后两步,老头子把它轰开,然后携着她进门。 屋边一架瓜棚,黄萎的南瓜藤,还凌乱地在上头绕着。 鸡已经站在棚上预备安息了。 这些都是她没见过的,心里想大概这就是仙家罢。 刚踏上小台阶,便有一个二十多岁的姑娘出来迎着,她用手作势,好像问"这位小姑娘是谁呀",他笑着回答说:"她是求仙迷了路途的。"回过头来,把她介绍给她,说:"这是我的孙女,名叫宜姑。"

他们三个人进了茅屋,各自坐下。 屋里边有一张红漆小书桌。 老头子把他的孙女叫到身边,教她细细问麟趾的来历。 她不敢把所有的真情说出来，恐怕他们一知道她是旗人或者就于她不利。 她只说："我的父母和哥哥前两天都相继过去了。 剩下我一个人，没人收养，所以要求仙去。"她把那令人伤心的事情瞒着。 孙女把她的话用他们彼此通晓的方法表示给老头子知道。 老头子觉得她很可怜，对她说，他活了那样大年纪也没有见过神仙，求也不一定求得着，不如暂时住下，再定夺前程。 他们知道她一天没吃饭，宜姑就赶紧下厨房，给她预备吃的。 晚饭端出来，虽然是红薯粥和些小酱菜，她可吃得津津有味。 回想起来，就是不饿，也觉得甘美。 饭后，宜姑领她到卧房去。 一夜的话把她的意思说转了一大半。

三

麟趾住在这不知姓名的老头子的家已经好几个月了。 老人曾把附近那座白云山的故事告诉过她。 她只想着去看安期生升仙的故迹，心里也带着一个遇仙的希望。 正值村外木棉盛开的时候，十丈高树，枝枝着花，在黄昏时候看来直像一座万盏灯台，灿烂无比。 闽、粤的树花再没有比木棉更壮丽的。 太阳刚升到与绿禾一样高的天涯，麟趾和宜姑同在树下捡落花来做玩物，谈话之间，忽然动了游白云山的念头。 从那村到白云山也不过是几里路，所以她们没有告诉老头子，到厨房里吃了些东西，还带了些薯干，便到山里玩去。 天还很早，榕树上的白鹭飞去打早食还没归巢，黄鹂却已唱过好几段宛啭的曲儿，在田间和林间的人们也唱起歌了。 到处所听的不是山歌，便是秧歌。 她们两个有时为追粉蝶，误入那篱上缠着野蔷薇的人家；有时为捉小鱼涉入小溪，溅湿了衣袖。 一路上嘻嘻嚷嚷，已经来到山里。 微风吹拂山径旁的古松，发出那微妙的细响。 着在枝上的多半是嫩绿的松球，衬着山坡上的小草花，和正长着的薇蕨，真是绮丽无匹。

她们坐在石上休息，宜姑忽问："你真信有神仙么？"

麟趾手里撩着一枝野花，漫应说："我怎么不信！ 我母亲曾告诉我有神仙，她的话我都信。"

"我可没见过，我祖父老说没有。 他所说的话，我都信。 他既说没有，那定是没有了。"

"我母亲说有，那定是有。 怕你祖父没见过罢。 我母亲说，好人都会成仙，并且可以和亲人相见哪。 仙人还会下到凡间救度他的亲人，你听过这话么？"

"我没听见过。"

说着她们又起行，游过了郑仙岩，又到菖蒲涧去，在山泉流处歇了脚。 下游的石上，那不知名的山禽在那里洗午澡，从乱石堆积处，露出来的阳光指示她们快到未时了。 麟趾一意要看看神仙是什么样子，她还有登摩星岭的勇气。 她们走过几个山头，不觉把路途迷乱了。 越走越不是路，她们巴不得立刻下山，寻着原路回到村里。

出山的路被她们找着了，可不是原来的路径。 夕阳当前，天涯的白云已渐渐地变成红霞。正在低头走着，前面来了十几个背枪的大人物。宜姑心里高兴，等他们走近跟前，便问其中的人燕塘的大路在哪一边。那班人听说她们所问的话，知道是两只迷途的羊羔，便说他们也要到燕塘去。宜姑的村落正离燕塘不远，所以跟着他们走。

原来她们以为那班强盗是神仙的使者，安心随着他们走。走了许久，二人被领到一个破窑里，那里有一个人看守着她们，那班人又匆忙地走了。麟趾被日间游山所受的快活迷住，没想到、也没经历过在那山明水秀的仙乡会遇见这班混世魔王。到被囚起来的时候，才理会她们前途的危险。她同宜姑苦口求那人怜恤她们，放她们走。但那人说若放了她们，他的命也就没了。宜姑虽然大些，但到那时，也恐吓得说不出话来。麟趾到底是个聪明而肯牺牲的孩子，她对那人说："我家祖父年纪大了，必得有人伺候他，若把我们两人都留在这里，恐怕他也活不成。求你把大姊放回去罢，我宁愿在这里跟着你们。"那人毫无恻隐之心，任她们怎样哀求，终不发一言，到他觉得麻烦的时候，还喝她们说："不要瞎吵！"

丑时已经过去，破窑里的油灯虽还闪着豆大的火花，但是灯心头已结着很大的灯花，不时迸出火星和发出毕剥的响，油盏里的油快要完了。过些时候，就听见人马的声音越来越近，那人说："他们回来了。"他在窑门边把着，不一会，大队强盗进来，卸了赃物，还虏来三个十几岁的女学生。

在破窑里住了几天，那些贼人要她们各人写信回家拿钱来赎，各人都一一照办了，最后问到麟趾和宜姑。 麟趾看那人的容貌很像她大哥，但好几次问他叫他，他都不大理会，只对着她冷笑。 虽然如此，她仍是信他是大哥，不过仙人不轻易和凡人认亲罢了。 她还想着，他们把她带到那里也许是为教她们也成仙。 宜姑比较懂事，说她是孤女，只有一个耳聋的老祖父，求他们放她们两人回去。 他们不肯，说："只有白拿，不能白放。"他们把赃物检点一下，头目叫两个伙计把那几个女学生的家书送到邮局去，便领着大队同几个女子，趁着天还未亮出了破窑，向着山中的小径前进。 不晓得走了多少路程，又来到一个寨。 群贼把那五个女子安置在一间小屋里。 过了几天，那三个女学生都被带走，也许是她们的家人花了钱，也许是被移到别处去。 他们也去打听过宜姑和麟趾的家境，知道那聋老头花不起钱来赎，便计议把她们卖掉。

宜姑和麟趾在荒寨里为他们服务，他们都很喜欢。 在不知不觉中又过了几个星期。 一天下午他们都喜形于色回到荒寨，两个姑娘忙着预备晚饭。 端菜出来，众人都注目看着她们。 头目对大姑娘说："我们以后不再干这生活了，明天大家便要到惠州去投入民军。 我们把你配给廖兄弟。"他说着，指着一个面目长得十分俊秀、年纪在二十六七左右的男子，又往下说："他叫廖成，是个白净孩子，想一定中你的意思。"他又对麟趾说："小姑娘年纪太小，没人要，黑牛要你做女儿，明天你就跟着他过。 他明天以后便是排长了。"他努着嘴向黑牛指示麟趾。 黑牛年纪四十左右，满脸横肉，看来像很凶残。 当时两个女孩都哭了，众人都安慰她们。 头目说："廖兄弟的喜事明天就要办的，各人得早起，下山去搬些吃的，大家热闹一回。"

他们围坐着谈天，两个女孩在厨房收拾食具，小姑娘神气很镇定，低声问宜姑说："怎办？"宜姑说："我没主意，你呢？"

"我不愿意跟那黑鬼，我一看他，怪害怕的。 我们逃罢。"

"不成，逃不了！"宜姑摇头说。

"你愿意跟那强盗？"

"不，我没主意。"

她们在厨房没想出什么办法，回到屋里，一同躺在稻草褥上，还继续地想。 麟趾打定主意要逃，宜姑至终也赞成她，她们知道明天一早趁他们下山的时候再寻机会。

一夜的幽暗又叫朝云抹掉，果然外头的兄弟们一个个下山去预备喜筵。 麟趾扯着宜姑说："这是时候，该走了。"她们带着一点吃的，匆匆出了小寨。 走不多远，宜姑住了步，对麟趾说："不成，我们这一走，他们回寨见没有人，一定会到处追寻，万一被他们再抓回去，可就没命了。"麟趾没说什么，可也不愿意回去。 宜姑至终说："还是你先走罢，我回去张罗他们。他们问你的时候，我便说你到山里捡柴去。你先回到我公公那里去报信也好。"她们商量妥当，麟趾便从一条那班兄弟们不走的小道下山去。宜姑到看不见她，才掩泪回到寨里。

小姑娘虽然学会昼伏夜行的方法，但在乱山中，夜行更是不便，加以不认得道路，遇险的机会很多，走过一夜，第二夜便不敢走了。她在早晨行人稀少的时候，遇见妇人女子才敢问道，遇见男子便藏起来。但她常走错了道，七天的粮已经快完了。那晚上她在小山岗上一座破庙歇脚。霎时间，黑云密布，大雨急来。随着电闪雷鸣，破庙边一棵枯树教雷劈开，雷音把麟趾的耳鼓几乎震破，电光闪得更是可怕。她想那破庙一定会塌下来把她压死，只是蹲在香案底下打抖擞。好容易听见雨声渐细，雷也不响，她不敢在那里逗留，便从案下爬出来。那时雨已止住了，天际仍不时地透漏着闪电的白光，使蜿蜒的山路，隐约可辨。她走出庙门，待要往前，却怕迷了路途，站着尽管出神。约有一个时辰，东方渐明，鸟声也次第送到她耳边，她想着该是走的时候，背着小包袱便离开那座破庙。一路上没遇见什么人，朝雾断续地把去处遮拦着，不晓得从什么地方来的泉声到处都听得见。正走着，前面忽然来了一队人，她是个惊弓之鸟，一看见便急急向路边的小丛林钻进去。哪里提防到那刚被大雨洗刷过的山林湿滑难行，她没力量攀住些草木，一任双脚溜滑下去，直到山麓。她的手足都擦破了，腰也酸了，再也不能走。 疲乏和伤痛使她不能不躺在树林里一块铺着朝阳的平石上昏睡。 她腿上的血，殷殷地流到石上，她一点也不理会。

林外，向北便是越过梅岭的大道，往来的行旅很多。 不知经过几个时辰，麟趾才在沉睡中觉得有人把她抱起来，睁眼一看，才知道被抱到一群男女当中。 那班男女是走江湖卖艺的，一队是属于卖武耍把戏的黄胜，一队是属耍猴的杜强。 麟趾是那耍猴的抱起来的，那卖武的黄胜取了些万应的江湖秘药来，敷她的伤口。 他问她的来历，知道她是迷途的孤女，便打定主意要留她当一名艺员。 耍猴用不着女子，黄胜便私下向杜强要麟趾。 杜强一时任侠，也就应许了。 他只声明将来若是出嫁得的财礼可以分些给他。

他们骗麟趾说他们是要到广州去，其实他们的去向无定，什么时候得到广州，都不能说。 麟趾信以为真，便请求跟着他们去。 那男人腾出一个竹箩，教她坐在当中，他的妻子把她挑起来。 后面跟着的那个人也挑着一担行头，在他肩膀上坐着一只猕猴。 他戴的那顶宽缘镶云纹的草笠上开了一个小圆洞，猕猴的头可以从那里伸出来。 那人后面还跟着一个女子，牵着一只绵羊和两只狗，绵羊驮着两个包袱。 最后便是扛刀枪的。 麟趾与那一队人在斜阳底下向着满被野云堆着的山径前进，一霎时便不见了。

四

自从麟趾被骗以后，三四年间，就跟着那队人在江湖上往来。她去求神仙的勇气虽未消灭，而幼年的幻梦却渐次清醒。几年来除掉看一点浅近的白话报以外，她一点书也没有念，所认得的字仍是在家的时候学的，深字甚至忘掉许多。她学会些江湖伎俩，如半截美人、高跷、踏索、过天桥等等，无一不精，因此被全班的人看为台柱子。班主黄胜待她很好，常怕她不如意，另外给她好饮食。她同他们混惯了，也不觉得自己举动下流。所不改的是她总没有舍弃掉终有一天全家能够聚在一起的念头。神仙会化成人到处游行的话是她常听说的，几年来，她安心跟着黄胜走江湖，每次卖艺总是目光灼灼注视着围观的人们。人们以为她风骚，她却在认人。多少次误认了面貌与她父亲或家人相仿佛的观众。但她仍是希望着，注意着，没有一时不思念着。

他们真个回到离广州不远的一个城，住在真武庙倾破的后殿。早饭已经吃过，正预备下午的生意。黄胜坐在台阶上抽烟等着麟趾，因为她到街上买零碎东西还没回来。

从庙门外蓦然进来一个人，到黄胜跟前说："胜哥，一年多没见了！"老杜摇摇头，随即坐在台阶上说："真不济，去年那头绵羊死掉，小山就闷病了。它每出场不但不如从前活泼，而且不听话，我气起来，打了它一顿。那个畜生，可也奇怪，几天不吃东西，也死了。从它死后，我一点买卖也没做，指望赢些钱再买一只羊和一只猴，可是每赌必输，至终把行头都押出去了，现在来专意问大哥借一点。"

黄胜说："我的生意也不很好，哪里有钱借给你使。"

老杜是打定主意的，他所要求非得不可。他说："若是没钱，就把人还我。"他的意思是指麟趾。

老黄急了，紧握着手，回答他说："你说什么？哪个人是你的？"

"那女孩子是我捡的，自然属于我。"

"你要，当时为何不说？那时候你说要猴用不着她；多一个人养不起，便把她让给我。现在我已养了好几年，教会她各样玩艺，你来要回去，天下没有这个道理。"

"看来你是不愿意还我了。"

"说不上还不还，难道我这几年的心血和钱财能白费了么？我不是说以后得的财礼分给你吗？"

"好，我拿钱来赎成不成？"老杜自然等不得，便这样说。

"你！拿钱来赎？你有钱还是买一只羊、一只猴耍耍去罢。麟趾，怕你赎不起。"老黄舍不得放弃麟趾，并且看不起老杜，想着他没有赎她的资格。

"你要多少呢？"

"五百。"老黄说了，又反悔说，"不，不，我不能让你赎去，她不是你的人，你再别废话了。"

"你不让我赎，不成。多会我有五百元，多会我就来赎。"老杜没得老黄的同意，不告辞便出庙门去了。

自此以后，老杜常来跟老黄捣麻烦，但麟趾一点也不知道是为她的事，她也没去问。老黄怕以后更麻烦，心里倒想先把她嫁掉，省得老杜屡次来胡缠，但他总也没有把这意思给麟趾说；他也不怕什么，因为他想老杜手里一点文据都没有，打官司还可以占便宜。他暗地里托媒给麟趾找主，人约他在城隍庙戏台下相看，那地方是老黄每常卖艺的所在。相看的人是个当地土豪的儿子，人家叫他做郭太子。这消息给老杜知道，到庙里与老黄理论，两句不合，便动了武。幸而麟趾从外头进来，便和班里的人把他们劝开；不然，会闹出人命也不一定。老杜骂到没劲，也就走了。

麟趾问黄胜到底是怎么回事。老黄没敢把实在的情形告诉她，只说老杜老是来要钱使，一不给他，他便骂人。他对麟趾说："因他知道我们将有一个阔堂会，非借几个钱去使使不可。可是我不晓得这一宗买卖做得成做不成。明天下午约定在庙里先耍着看，若是合意，人家才肯下定哪。你想我怎能事前借给他钱使！"

麟趾听了，不很高兴，说："又是什么堂会！"

老黄说："堂会不好么？我们可以多得些赏钱。姑娘不喜欢么？"

"我不喜欢堂会，因为看的人少。"

"人多人少有什么相干，钱多就成了。"

"我要人多，不必钱多。"

"姑娘，那是怎讲呢？"

"我希望在人海中能够找着我的亲人。"

黄胜笑了，他说："姑娘！ 你要找亲人，我倒想给你找亲哪。 除非你出阁，今生莫想有什么亲人。 你连自己的姓都忘掉了！ 哈哈！"

"我何尝忘掉？ 不过我不告诉人罢了。 我的亲人我认得。 这几年跟着你到处走，你当我真是为卖艺么？ 你带我到天边海角，假如有遇见我的亲人的一天，我就不跟你了。"

"这我倒放心，你永远是遇不着的。 前次在东莞你见的那个人，便说是你哥哥，愣要我去把他找来。 见面谈了几句话，你又说不对了！ 今年年头在增城，又错认了爸爸！ 你记得么？ 哈哈！ 我看你把心事放开罢。 人海茫茫，哪个是你的亲人？ 倒不如过些日子，等我给你找个好主，若生下一男半女，我保管你享用无尽。 那时，我，你的师父，可也叨叨光呀。"

"师父别说废话，我不爱听。 你不信我有亲人，我偏要找出来给你看。"麟趾说时像有了气。

"那么，你的亲人却是谁呢？"

"是神仙。"麟趾大声地说。

老黄最怕她不高兴，赶紧转帆说："我逗你玩哪，你别当真。 我们还是说些正经的罢。 明天下午无论如何，我们得多卖些力气。我身边还有十几块钱，现在就去给你添些头面。我一会儿就回来。"他笑着拍麟趾的肩膀，便自出去了。

第二天下午，老黄领着一班艺员到艺场去，郭太子早已在人圈中占了一条板凳坐下。麟趾装饰起来，招得围观的人越多。一套一套的把戏都演完，轮到麟趾的踏索，那是她的拿手技术。老黄那天便把绳子放长，两端的铁钎都插在人圈外头。她一面走，一面演各种把式。正走到当中，啊，绳子忽然断了！麟趾从一丈多高的空间摔下来。老黄不顾救护她，只嚷说："这是老杜干的！"连骂带咒，跳出人圈外到绳折的地方。观众以为麟趾摔死了，怕打官司时被传去做证人，一哄而散。有些人回身注视老黄，见他追着一个人往人丛中跑，便跟过去趁热闹。不一会儿，全场都空了。老黄追那人不着，气喘喘地跑回来，只见那两个伙计在那里收拾行头。行头被众人践踏，破坏了不少；刀枪也丢了好几把；麟趾也不见了。伙计说人乱的时候他们各人都紧伏在两箱行头上头，没看见麟趾爬起来，到人散后，就不见她躺在地上。老黄无奈，只得收拾行头，心里想这定是老杜设计把麟趾抢走，回到庙里再去找他计较。艺场中几张残破的板凳也都堆在一边。老鸦从屋脊飞下来啄地上残余的食物；树花重复发些清气，因为满身汗臭的人们都不见了。

黄胜找了老杜好几天都没下落，到郭太子门上诉说了一番。郭太子反说他是设局骗他的定钱，非把他押起来不可。

老黄苦苦哀求才脱了险。 他出了郭家大门，垂头走着，拐了几个弯，蓦地里与老杜在巷尾一个犄角上撞个满怀。"好，冤家路窄！"黄胜不由分说便伸出右手把老杜揪住。 两只眼睛瞪得直像冒出电来，气也粗了。 老杜一手揸住老黄的右手，冷不防给他一拳。 老黄哪里肯让，一脚便踢过去，指着他说："你把人藏在哪里？ 快说出来，不然，看老子今天结束了你。"老杜退到墙犄角上，扎好马步，两拳瞄准老黄的脑袋说："哑！ 你问我要人！ 我正要问你呢。 你同郭太子设局，把所得的钱，半个也不分给我，反来问我要人。"说着，往前一跳，两拳便飞过来。 老黄闪得快，没被打着。巷口看热闹的人越围越多，巡警也来了。 他们不愿意到派出所去，敷衍了巡警几句话，便教众人拥着出了巷口。

老杜跟着老黄，又走过了几条街。

老黄说："若是好汉，便跟我回家分说。"

"怕你什么？ 去就去！"老杜坚决地说。

老黄见他横得很，心里倒有点疑惑。 他问："方才你说我串通郭太子，不分给你钱，是从哪里听来的狗谣言？"

"你还在我面前装呆！ 那天在场上看把戏的大半是郭家的手脚，你还瞒谁？"

"我若知道这事，便教我男盗女娼。 那天郭太子约定来看人是不错，不过我已应许你，所得多少总要分给你，你为什么又到场上捣乱？"

老杜瞪眼看着他，说："这就是胡说！ 我捣什么乱？ 你们说了多少价钱我一点也不知道，那天我也不在那里，后来在道上就见郭家的人们拥着一顶轿子过去，一打听，才知道是从庙里扛来的。"

老黄住了步，回过头来，诧异地说："郭太子！ 方才我到他那里，几乎教他给押起来。 你说的话有什么凭据？"

"自然有不少凭据。 那天是谁把绳子故意拉断的？"老杜问。

"你！"

"我？ 我告诉你，我那天不在场。 一定是你故意做成那样局面，好教郭太子把人抢走。"

老黄沉吟了一会，说："这我可明白了。 好兄弟，我们可别打了，这事一定是郭家的人干的。"他把方才郭家的人如何蛮横，为老杜说过一遍。 两个人彼此埋怨，可也没奈他何，回到真武庙，大家商量怎样打听麟趾的下落。 他们当然不敢打官司，也不敢闯进郭府里去要人，万一不对，可了不得。

老杜和黄胜两人对坐着。 你看我，我看你，一言不发，各自急抽着烟卷。

五

郭家的人们都忙着检点东西，因为地方不靖，从别处开来的军队进城时难免一场抢掠。 那是一所五进的大房子，西

边还有一个大花园，各屋里的陈设除椅、桌以外，其余的都
已装好，运到花园后面的石库里。 花园里还留下一所房子没
有收拾。 因为郭太子新娶的新奶奶忌讳多，非过百日不许人
搬动她屋子里的东西。

窗外种着一丛碧绿的芭蕉，连着一座假山直通后街的墙
头。 屋里一张紫檀嵌牙的大床，印度纱帐悬着，云石椅、桌
陈设在南窗底下。 瓷瓶里插的一簇鲜花，香气四溢。 墙上
挂的字画都没有取下来，一个康熙时代的大自鸣钟的摆子在
静悄悄的空间嘀嗒地作响，链子末端的金葫芦也不动一
下。 在窗棂下的贵妃床上坐着从前在城隍庙卖艺的女郎，她
的眼睛向窗外注视，像要把无限的心事都寄给轻风吹动的蕉
叶。

芭蕉外，轻微的脚音渐次送到窗前。 一个三十左右的男
子，到阶下站着，头也没抬起来，便叫："大官，大官在屋里
么？"

里面那女郎回答说："大官出城去了，有什么事？"

那人抬头看见窗里的女郎，连忙问说："这位便是新奶奶
么？"

麟趾注目一看，不由得怔了一会。"你很面善，像在哪里
见过的。"她的声音很低，五尺以外几乎听不见。

那人看着她，也像在什么地方会过似的，但他一时也记
不起来。 至终还是她想起来。 她说："你不是姓廖么？"

"不错呀，我姓廖。"

"那就对了。你现在在这一家干的什么事？"

"我一向在广州同大官做生意，一年之中也不过来一两次，奶奶怎么认得我？"

"你不是前几年娶了一个人家叫她做宜姑的做老婆吗？"

那人注目看她，听到她说起宜姑，猛然回答说："哦，我记起来了！你便是当日的麟趾小姑娘！小姑娘，你怎么会落在他手里？"

"你先告诉我宜姑现在好么？"

"她么？我许久没见她了。自从你走后，兄弟们便把宜姑配给黑牛。黑牛现在名叫黑仰白，几年来当过一阵要塞司令，宜姑跟着他养下两个儿子。这几天，听说总部要派他到上海去活动，也许她会跟着去罢。我自那年入军队不久，过不了纪律的生活，就退了伍。人家把我荐到郭大官的烟土栈当掌柜，我一直便做了这么些年。"

麟趾问："省城也能公卖烟土么？"

"当然是私下买卖，军队里我有熟人容易做，所以这几年来很剩些钱。"

"黑牛和他的弟兄们帮你贩烟土，是不是？"

"不，黑司令现在很正派，我同他的交情没有从前那么深了。我有许多朋友在别的军队里，他们时常帮助我。"

"我很想去见见宜姑，你能领我去么？"

"她不久便要到上海去，你就是到广州，也不一定能看见她。"

"今晚就走，怎样？"

"那可不成，城里恐怕不到初更就要出乱子。 我方才就是来对大官说，叫他快把大门、偏门、后门都锁起来，恐怕人进来抢。"

"他说出城迎接军队去了，不晓得什么时候能回来。 或者现在就领我去罢。"

"耳目众多，不成，不成。 再说要走，也不能同我走，教大官知道，会说我拐骗你。 ……我说你是要一走不回头呢，还是只要见一见宜姑便回来？"

"我一点也不喜欢他。 那天我在城隍庙踏索子掉下来，昏过去，醒来便躺在这屋里的床上。 好在身上没有什么伤，只是脚跟和手擦破，养了十几天便好了。 他强我嫁给他，口里答应给我十万银做保证金，说若是他再娶奶奶，听我把十万银带走，单独过日子。 我问他给了多少给黄胜，他说不用给，他没奈何他。 自从我离开山寨以后，就给黄胜抢去学走江湖，几年来走了好几省地方，至终在这里给他算上了。 我常想着他那样的人，连一个钱也不给黄胜，将来万一他负了心，他也照样可以把十万银子抢回去；现在钱虽然在我的名字底下存着，我可不敢相信是属于我的，我还是愿意走得远远地。 他不是一个好人，跟着他至终不会有好结果，你说是不是？"

廖成注视她的脸，听着她说。 他对于郭大官掳人的事早有所闻，却不知便是麟趾。 他好像对于麟趾所说的没有多少可诧异的，只说："是，他并不是个好人，但是现在的世界，哪个是好人！ 好人有人捧，坏人也有人捧，为坏人死的也算忠臣。 我想等宜姑从上海回来，我再通知你去会她罢。"

"不，我一定要走。 你若不领我去，请给我一个地址，我自己想方法。"

廖成把宜姑的地址告诉她，还劝她切要过了这个乱子才去。 麟趾嘱咐他不要教郭太子知道。 她说："你走罢，一会怕有人来。 我那丫头都到前院帮助收拾东西去了，你出去，请给我叫一个人进来。"

他一面走着，一面说："我看还是等乱过去，从长慢慢打算罢，这两天一定不能走的，道路上危险多。"

麟趾目送着廖成走出蕉丛外头，到他的脚音听不见的时候，慢慢起身到妆台前，检点她的细软和首饰之类。 走出房门，上了假山。 她自伤愈后这是第一次登高。 想着宜姑，教她心里非常高兴，巴不得立刻到广州去见她。 到墙的尽头，她探头下望，见一条黑深的空巷，一根电报杆子立在巷对面的高坡上，同围墙距离约一丈多宽。 一根拴电杆的粗铅丝，从杆上离电线不远的部位，牵到墙上一座一半砌在墙里已毁的节孝坊的石柱上，几乎成为水平线。 她看看园里并没有门，若要从花园逃出去，恐怕没有多少希望。

她从假山下来，进到屋里已是黄昏时分，丫头也从前院进来了。 麟趾问："你有旧衣服没有？ 拿一套来给我。"

女婢说："奶奶要旧衣服干什么？"

　　"外头乱扰扰地，万一给人打进家里来，不就得改装掩人
耳目么？"

　　"我的不合奶奶穿，我到外头去找一套进来罢。"她说着
便出去了。

　　麟趾到丫头的卧房翻翻她的包袱，果然都是很窄小的，
不合她穿。门边挂着一把雨纸伞，她拿下来打开一看，已破
了大半边。在床底下有一根细绳子，不到一丈长。她摇摇
头叹了一声，出来仍坐在窗下的贵妃床，两眼凝视着芭蕉。
忽然拍起她的腿说："有了！"她立起来，正要出去，丫头给
她送了一套竹布衣服进来。

　　"奶奶，这套合适不合适？"

　　她打开一看，连说："成，成。现在你可以到前头帮他
们搬东西，等七点钟端饭来给我吃。"丫头答应一声，便离
开她。她又到婢女屋里，把两竿张蚊帐的竹子取下捆起来，
将衣物分做两个小包结在竹子两端，做成一根踏索用的均衡
担。她试一下，觉得稍微轻一点，便拿起一把小刀走到芭蕉
底下，把两棵有花蕾的砍下来，割下两个重约两斤的花蕾加
在上头。随即换了衣服，穿着软底鞋，扛着均衡担飞跑上假
山，沿着墙头走，到石柱那边。她不顾一切，两手揸住均衡
担，踏上那根大铅丝，一步一步地走过去。到电杆那头，她
忙把竹上的绳子解下来，圈成一个圆套子，套着自己的腰和
杆子，像尺蠖一样，一路拱下去。

　　下了土坡，急急向着人少的地方跑。拐了几个弯，才稍

微辨识一点道路。 她也不用问道，一个劲儿便跑到真武庙去。 她想着教黄胜领她到广州去找宜姑，把身边带着的珠宝分给他一两件。 不想真武庙的后殿已经空了，人也不晓得往哪里去了。 天色已晚，邻居的人都不理会是她回来，她不敢问。 她踌躇着，不晓得怎样办。 在真武庙歇，又害怕；客栈不能住；船，晚上不开。 一会郭家人发觉了，一定把各路口把住，终要被逮捕回去。 到巡警局报迷路罢，不成，若是巡警搜出身上的东西，倒惹出麻烦来。 想来想去，还是赶出城，到城外藏一宿，再定行止。

她在道上，看见许多人在街上挤来挤去，很像要闹乱子的光景。 刚出城门，便听见城里一连发出乒乓的声音。 街上的人慌慌张张地乱跑，铺店的门早已关好，一听见枪声，连门前的天灯都收拾起来。 幸而麟趾出了城，不然，就被关在城里头。 她要找一个僻静的地方去躲一下，但找来找去，总找不着，不觉来到江边。 沿江除码头停泊着许多船以外，别的地方都很静。 在离码头不远的地方，有一棵斜出江面的大榕树。 那树的气根，根根都向着水面伸下去。 她又想起藏在树上。 在枪声不歇的时候，已有许多人挤在码头那边叫渡船，他们都是要到石龙去的。 看他们的样子都像是逃难的人，麟趾想着不如也跟着他们去，到石龙，再赶广州车到广州。 看他们把价钱讲妥了，她忙举步，混在人们当中，也上了船。

乱了一阵，小渡船便离开码头。 人都伏在舱底下，灯也不敢点，城中的枪声教船后头的大橹和船头的双桨轻松地摇掉。 但从雉堞影射出来的火光，令人感到是地狱的一种现象。 船走得越远，照得越亮。 到看不见红光的时候，不晓得船在江上已经拐了几个弯了。

六

石龙车站里虽不都是避难的旅客，但已拥挤得不堪。 站台上几乎没有一寸空地，都教行李和人占满了。 麟趾从她的座位起来，到站外去买些吃的东西，回来时，位已被别人占去。 她站在一边，正在吃东西，一个扒手偷偷摸摸地把她放在地下那个小包袱拿走。 在她没有发觉以前，后面长凳上坐着的一个老和尚便赶过来，追着那贼说："莫走，快把东西还给人。"他说着，一面追出站外。 麟趾见拿的是她的东西，也追出来。 老和尚把包袱夺回来，交给她说："大姑娘，以后小心一点，在道上小人多。"

麟趾把包袱接在手里，眼泪几乎要流出来。 她心里说若是丢了包袱，她就永久失掉纪念她父亲的东西了。 再则，所有的珠宝也许都在里头。 现出非常感激的样子，她对那出家人说："真不该劳动老师父。 跑累了么？ 我扶老师父进里面歇歇罢。"

老和尚虽然有点气喘，却仍然镇定地说："没有什么，姑娘请进罢。 你像是逃难的人，是不是？ 你的包袱为什么这样湿呢？"

"可不是，这是被贼抢漏了的，昨晚上，我们在船上，快到天亮的时候，忽然岸上开枪，船便停了。我一听见枪声，知道是贼来了，赶快把两个包袱扔在水里。我每个包袱本来都结着一条长绳子。扔下以后，便把一头暗地结在靠近舵边一根支篷的柱子上头。我坐在船尾，扔和结的时候都没人看见，因为客人都忙着藏各人的东西，天也还没亮，看不清楚。我又怕被人知道我有那两个包袱，万一被贼搜出来，当我是财主，将我掳去，那不更吃亏么？因此我又赶紧到篷舱里人多的地方坐着。贼人上来，真凶！他们把客人的东西都抢走了。个个的身上也搜过一遍，侥幸没被搜出的很少。我身边还有一点首饰，也送给他们了。还有一个人不肯把东西交出，教他们打死了，推下水去。他们走后，我又回到船后去，牵着那绳子，可只剩下一个包袱，那一个恐怕是教水冲掉了。"

"我每想着一次一次的革命，逃难的都是阔人。他们有香港、澳门、上海可去。逃不掉的，只有小百姓。今日看见车站这么些人，才觉得不然。所不同的，是小百姓不逃固然吃亏，逃也便宜不了。姑娘很聪明，想得到把包袱扔在水里，真可佩服。"

麟趾随在后头回答说："老师父过奖。方才把东西放下，就是显得我很笨；若不是师父给追回来，可就不得了。老师父也是避难的么？"

"我么？ 出家人避什么难？ 我从罗浮山下来，这次要去普陀山朝山。"说时，回到他原来的座位，但位已被人占了，他的包袱也没有了。 他的神色一点也不因为丢了东西更变一点，只笑说："我的包袱也没了！"

心里非常不安的麟趾从身边拿出一包现钱，大约二十元左右，对他说："老师父，我真感谢你，请你把这些银子收下罢。"

"不，谢谢，我身边还有盘缠。 我的包袱不过是几卷残经和一件破裂裟而已。 你是出门人，多一元在身边是一元的用处。"

他一定不受，麟趾只得收回。 她说："老师父的道行真好，请问法号怎样称呼？"

那和尚笑说："老衲没有名字。"

"请告诉我，日后也许会再相见。"

"姑娘一定要问，就请叫我做罗浮和尚便了。"

"老师父一向便在罗浮吗？ 听你的口音不像是本地人。"

"不错，我是北方人。 在罗浮出家多年了。 姑娘倒很聪明，能听出我的口音。"

"姑娘倒很聪明"，在麟趾心里好像是幼年常听过的。她父亲的形貌，她已模糊记不清了，她只记得旺密的大胡子，发亮的眼神。 因这句话，使她目注在老和尚脸上。 光圆的脸，一根胡子也不留，满颊直像铺上一层霜，眉也白得像棉花一样，眼睛带着老年人的混浊颜色，神采也没有了。她正要告诉老师父她原先也是北方人，可巧汽笛的声音夹着轮声、轨道震动声，一齐送到。

"姑娘，广州车到了，快上去罢，不然占不到好座位。"

"老师父也上广州么？"

"不，我到香港候船。"

麟趾匆匆地别了他，上了车，当窗坐下。人乱过一阵，车就开了。她探出头来，还望见那老和尚在月台上。她凝望着，一直到车离开很远的地方。

她坐在车里，意象里只有那个老和尚，想着他莫不便是自己的父亲？可惜方才他递包袱时，没留神看看他的手。又想回来，不，不能够，也许我自己以为是，其实是别人。他的脸不很像哪！他的道行真好，不愧为出家人。忽然又想：假如我父亲仍在世，我必要把他找回来，供养他一辈子。呀，幼年时代甜美的生活，父母的爱惜，我不应当报答吗？不，不，没有父母的爱，父母都是自私自利的。为自己的名节，不惜把全家杀死。也许不止父母如此，一切的人都是自私自利的。从前的女子，不到成人，父母必要快些把她嫁给人。为什么？留在家里吃饭，赔钱。现在的女子，能出外跟男子一样做事，父母便不愿她嫁了。他们愿意她像儿子一样养他们一辈子，送他们上山。不，也许我的父母不是这样。他们也许对，是我不对，不听话，才会有今日的流离。

　　她一向便没有这样想过，今日因着车轮的转动摇醒了她的心灵。"你是聪明的姑娘！""你是聪明的姑娘！"轮子也发出这样的声音。 这明明是父亲的话，明明是方才那老和尚的话。 不知不觉中，她竟滴了满襟的泪。 泪还没干，车已入了大沙头的站台了。

　　出了车站，照着廖成的话，雇一辆车直奔黑家。 车走了不久时候，至终来到门前。 两个站岗的兵问她找谁，把她引到上房，黑太太紧紧迎出来，相见之下，抱头大哭一场。 佣人面面相觑，莫名其妙。

　　黑太太现在是个三十左右的女人，黑老爷可已年近半百。 她装饰得非常时髦，锦衣、绣裙，用的是欧美所产胡奴的粉，杜丝的脂，古特士的甲红，鲁意士的眉黛，和各种著名的香料。 她的化妆品没有一样不是上等，没有一件是中国产物。 黑老爷也是面团团，腹便便，绝不像从前那凶神恶煞的样子。 寒暄了两句，黑老爷便自出去了。

　　"妹妹，我占了你的地位。"这是黑老爷出去后，黑太太对麟趾的第一句话。

　　麟趾直看着她，双眼也没眨一下。

　　"唉，我的话要从哪里说起呢？ 你怎么知道找到这里来？ 你这几年来到哪里去了？"

　　"姊姊，说来话长，我们晚上有功夫细细谈罢。 你现在很舒服了，我看你穿的用的便知道了。"

　　"不过是个绣花枕而已，我真是不得已。 现在官场，专靠女人出去交际，男人才有好差使，无谓的应酬一天不晓得多少，真是把人累得要死。"

她们真个一直谈下去，从别离以后谈到彼此所过的生活。宜姑告诉麟趾她祖父早已死掉，但村里那间茅屋她还不时去看看，现在没有人住，只有一个人在那里守着。她这几年跟人学些注音字母，能够念些浅近文章。在话里不时赞美她丈夫的好处。麟趾心里也很喜欢，最能使她开心的便是那间茅舍还存在。她又要求派人去访寻黄胜，因为她每想着她欠了他很大的恩情。宜姑应许为她去办。她又告诉宜姑早晨在石龙车站所遇的事情，说她几乎像看见父亲一样。

这样的倾谈决不能一时就完毕，好几天或好几个月都谈不完。东江的乱事教黑老爷到上海的行期改早些，他教他太太过些日子再走。因此宜姑对于麟趾，第二天给她买穿，第三天给她买戴；过几天又领她到张家，过几时又介绍她给李家。一会是同坐紫洞艇游河，一会又回到白云山附近的村居。麟趾的生活在一两个星期中真像粘在枯叶下的冷蛹，化了蝴蝶，在旭日和风中间翻舞一样。

东江一带的秩序已经渐次恢复。在一个下午，黑府的勤务兵果然把黄胜领到上房来。麟趾出来见他，他又喜又惊。他喜的是麟趾有了下落；他怕的是军人的势力。她可没有把一切的经过告诉他，只问他事变的那天他在哪里。黄胜说他和老杜合计要趁乱领着一班穷人闯进郭太子的住宅，他们两人希望能把她夺回来，想不到她没在那里。郭家被火烧了，两边死掉许多人，老杜也被打死了。 郭家的人活的也不多。
郭太子在道上教人掳去，到现在还不知下落。 他见事不济，
便自逃回城隍庙去，因为事前他把行头都存在那里，伙计没
跟去的也住在那里。

麟趾心里想着也许廖成也遇了险。 不然，这么些日子，
怎么不来找我，他总知道我会到这里来。 因为黄胜不认识廖
成，问也没用。 她问黄胜愿意另谋职业，还是愿意干他的旧
营生。 黄胜当然不愿再去走江湖，她于是给了他些银钱。
但他愿意在黑府当差，宜姑也就随便派给他当一名所谓国术
教官。

黑家的行期已经定了，宜姑非带麟趾去不可，她想着带
她到上海，一定有很多帮助。 女人的脸曾与武人的枪平分地
创造了人间一大部历史。 黑老爷要去联络各地战主，也许要
仗着麟趾才能成功。

七

南海的月亮虽然没有特别动人的容貌，因为只有它来陪
着孤零的轮船走，所以船上很有些与它默契的人。 夜深了，
轻微的浪涌，比起人海中政争匪掠的风潮舒适得多。 在枕上
的人安宁地听着从船头送来波浪的声音，直如催眠的歌曲。
统舱里躺着、坐着的旅客还没尽数睡着，有些还在点五更鸡
煮挂面，有些躺在一边烧鸦片，有些围起来赌钱。 几个要到

普陀朝山的和尚受不了这种人间浊气，都上到舱面找一个僻静处所打坐去了，在石龙车站候车的那个老和尚也在里头。船上虽也可以入定，但他们不时也谈一两句话。从他们的谈话里，我们知道那老和尚又回到罗浮好些日子，为的是重新置备他的东西。

在那班和尚打坐的上一层甲板，便是大菜间客人的散步地方，藤椅上坐着宜姑，麟趾靠着舷边望月，别的旅客大概已经睡着了。宜姑日来看见麟趾心神恍惚，老像有什么事挂在心头一般。在她以为是待她不错；但她总是望着空间想，话也不愿意多说一句。

"妹妹，你心里老像有什么事，不肯告诉我。你是不喜欢我们带你到上海去么？也许你想你的年纪大啦，该有一个伴了。若是如此，我们一定为你想法子。他的交游很广，面子也够，替你选择的人准保不错。"宜姑破了沉寂，坐在麟趾背后这样对她说。她心里是想把麟趾认做妹妹，介绍给一个督军的儿子当做一种政治钓饵，万一不成，也可以借着她在上海活动。

麟趾很冷地说："我现在谈不到那事情，你们待我很好，我很感激。但我老想着到上海时，顺便到普陀去找找那个老师父，看他还在那里不在。我现在心里只有他。"

"你准知道他便是你父亲吗？"

"不，我不过思疑他是。我不是说过那天他开了后门出去，没听见他回到屋里的脚音吗？我从前信他是死了，自从那天起教我希望他还在人间。 假如我能找着他，我宁愿把所有的珠宝给你换那所茅屋，我同他在那里住一辈子。"麟趾转过头来，带着满有希望的声调对着宜姑。

"那当然可以办得到，不过我还是希望你不要做这样没有把握的寻求。 和尚们多半是假慈悲，老奸巨猾的不少；你若有意去求，若是有人知道你的来历，冒充你父亲，教你养他一辈子，那你不就上了当？ 幼年的事你准记得清楚么？"

"我怎么不记得？ 谁能瞒我？ 我的凭证老带在身边，谁能瞒得过我？"她说时拿出她几年来常在身边的两截带指甲的指头来，接着又说，"这就是凭证。"

"你若是非去找他不可，我想你一定会过那漂泊的生活，万一又遇见危险，后悔就晚了。 现在的世界乱得很，何苦自己去找烦恼？"

"乱么？ 你、我都见过乱，也尝过乱的滋味，那倒没有什么，我的穷苦生活比你多过几年，我受得了，你也许忘记了。 你现在的地位不同，所以不这样想。 假若你同我换一换生活，你也许也会想去找你那耳聋的祖父罢。"她没有回答什么，嘴里漫应着："唔，唔。"随即站起来，说："我们睡去罢，不早了。 明天一早起来看旭日，好不好？"

"你先去罢，我还要停一会才能睡咧。"

宜姑伸伸懒腰，打了一个呵欠，说声"明天见！ 别再胡思乱想了，妹妹"，便自进去了。

她仍靠在舷边，看月光映得船边的浪花格外洁白，独自无言，深深地呼吸着。

甲板底下那班打坐的和尚也打起盹来了。 他们各自回到统舱里去，下了扶梯，便躺着。 那个老是用五更鸡煮挂面的客人，他虽已睡去，火仍是点着。 一个和尚的袍角拂倒那放在上头的锅，几乎烫着别人的脚。 再前便是那抽鸦片的客人，手拿着烟枪，仰面打鼾，烟灯可还未灭，黑甜的气味绕缭四围。 斗纸牌的还在斗着，谈话的人可少了。

月也回去了，这时只剩下浪吼轮动的声音。

宜姑果然一清早便起来看海天旭日，麟趾却仍在睡乡里。 报时的钟打了六下，甲板上下早已洗得干干净净。 统舱的客人先后上来盥漱，麟趾也披着寝衣出来，坐在舷边的漆椅上，在桅梯边洗脸的和尚们牵引了她的视线。 她看见那天在石龙车站相遇的那个老师父，喜欢得直要跳下去叫他。 正要走下去，宜姑忽然在背后叫她，说："妹妹，你还没穿衣服咧。 快吃早点了，还不去梳洗？"

"姊姊，我找着他了！"她不顾一切还是要下扶梯。 宜姑进前几步，把她揪住，说："你这像什么样子，下去不怕人笑话，我看你真是有点迷。"她不由分说，把麟趾拉进舱房里。

"姊姊，我找着他了！"她一面换衣服，一面说，"若果是他，你得给我靠近燕塘的那间茅屋，我们就在那里住一辈子。"

"我怕你又认错了人，你一见和尚便认定是那个老师父，我准保你又会闹笑话。 我看吃过早饭叫'播外'下去问问，若果是，你再下去不迟。"

"不用问，我准知道是他。"她三步做一步跳下扶梯来。那和尚已漱完口下舱去了，她问了旁边的人便自赶到统舱去，下扶梯过急，猛不防把那点着的五更鸡踢倒。 汽油洒满地，火跟着冒起来。

舱里的搭客见楼梯口着火，个个都惊慌失措，哭的，嚷的，乱跑的，混在一起。 麟趾退上舱面，脸吓得发白，话也说不出来。 船上的水手，知道火起，忙着解开水龙。 警钟响起来了！

舱底没有一个敢越过那三尺多高的火焰。 忽然跳出那个老和尚，抱着一张大被窝腾身向火一扑，自己倒在火上压着。 他把火几乎压灭了一半，众人才想起掩盖的一个法子，于是一个个拿被窝争着向剩下的火焰掩压。 不一会把火压住了，水龙的水也到了，忙乱了一阵，好容易才把火扑灭了，各人取回冲湿的被窝时，直到最底下那层，才发现那老师父。 众人把他扛到甲板上头，见他的胸背都烧烂了。

他两只眼虽还睁着，气息却只留着一丝。 众人围着他，但具有感激他为众舍命的恐怕不多。 有些只顾骂点五更鸡的人，有些却咒那行动鲁莽的女子。

麟趾钻进人丛中，满脸含泪，那老师父的眼睛渐次地闭了，她大声叫："爸爸！ 爸爸！"

众人中，有些肯定地说他死了。 麟趾揸着他的左手，看看那剩下的三个指头。 她大哭起来，嚷，说："真是我的爸爸呀！"这样一连说了好几遍。 宜姑赶下来，把她扶开，说："且别哭啦，若真是你父亲，我们回到屋里再打算他的后事。 在这里哭惹得大众来看热闹，也没什么好处。"

她把麟趾扶上去以后，有人打听老和尚和那女客的关系，却没有一个人知道，他同伴的和尚也不很知道他的来历。 他们只知道他是从罗浮山下来的。 有一个知道详细一点，说他在某年受戒，烧掉两个指头供养三世法佛。 这话也不过是想，当然并没有确实的凭据。 同伴的和尚并没有一个真正知道他的来历。 他们最多知道他住在罗浮不过是四五年光景，从哪里得的戒牒也不知道。

宜姑所得的回报，死者是一个虔心奉佛燃指供养的老和尚。 麟趾却认定他便是好几年前自己砍断指头的父亲。 死的已经死掉，再也没法子问个明白，他们也不能教麟趾不相信那便是她爸爸。

她躺在床上，哭得像泪人一般，宜姑在旁边直劝她。 她说："你就将他的遗体送到普陀或运回罗浮去为他造一个塔，表表你的心也就够了。"

统舱的秩序已经恢复，麟趾到停尸的地方守着。 她心里想：这到底是我父亲不是？ 他是因为受戒烧掉两个指头的么？ 一定的，这样的好人，一定是我父亲。 她的泪沉静地流下，急剧地滴到膝上。 她注目看着那尸体，好像很认得，可惜记忆不能给她一个反证。 她想到普陀以后若果查明他的来历不对，就是到天边海角，她也要再去找找。 她的疑心，很能使她再去过游浪的生活，长住在黑家决不是她所愿意的事。 她越推想越入到非非之境，气息几乎像要停住一样。船仍在无涯的浪花中漂着，烟囱冒出浓黑的烟，延长到好几百丈，渐次变成灰白色，一直到消灭在长空里头。 天涯的彩云一朵一朵浮起来，在麟趾眼里，仿佛像有仙人踏在上头一般。

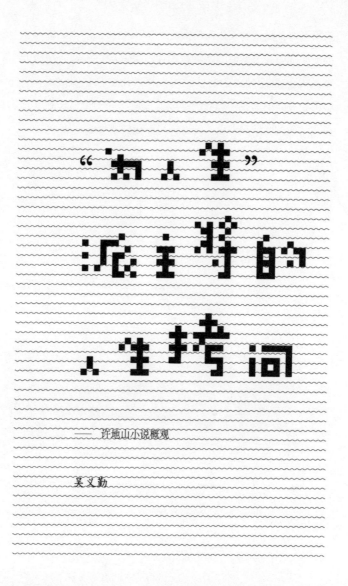

"为人生"派主将的人生拷问

—— 许地山小说概观

吴义勤

许地山早期的小说集中展现为三个主要特征：爱情主题、异域情调、宗教氛围。 早期作品大都表现对宗法礼教和封建习俗的不满，同时也流露出浓厚的宗教观念和虚无思想。《命命鸟》《商人妇》《缀网劳蛛》是许地山早期小说的代表作。 这些小说以独特的宗教神秘色彩和艺术风格在读者中引起很大反响。

《命命鸟》以虔诚的宗教感情塑造了一对青年男女因爱情受阻而厌世，希望转生"极乐国土"，以求解脱。《商人妇》记述一位商人的妻子南洋寻夫屡屡碰壁、接连被弃，但最终虽苦犹乐地生活下去的命运故事。《缀网劳蛛》讲述一位妇女以"补网人生观"顺从生活、安然处世、听从命运安排的生活故事。 这三部作品中的女主人公都遭遇现实羁绊、情感困境或人生苦难，但又都从宗教中获得某种释怀或解脱。不过，需要明晓的是，作者引入"宗教"教义或思想，其目的绝非在宣扬、皈依宗教，而只是以此作为一种处理人生问题的手段。

　　许地山后期创作，宗教色彩减弱，现实感逐渐增强。　无论是 1934 年《春桃》对劳动妇女泼辣而善良的形象的塑造，还是 1940 年《铁鱼底鳃》对旧知识分子苦闷心情及悲惨遭遇的描写，都标志其创作风格及人生态度的积极变化。

　　《春桃》是其后期小说的重要作品。　如果说早期的小说带有强烈的宿命论色彩和虚幻的传奇性，人物多是从宗教里寻求对于苦难生活或命运的解释与解脱，那么在《春桃》中，人物不再是生活与命运的奴隶，而是积极、有力的参与者与主导者。　小说展现春桃、向高、李茂之间的情感纠葛，其中，春桃有关自我生命意识的萌发与坚守——"谁的媳妇，我都不是""我是我自己""大家住着，谁也别想谁是养活着谁"，以及两个男人从尖锐矛盾到和谐相处的生活历程，都充分表明现实主义色彩在这部作品中大大增强。

　　"为人生"始终是许地山小说创作的方向，越到后期，其创作越是聚焦于人生诸问题的探求。　许地山是不折不扣的现实主义小说家。《女儿心》也是一部值得关注的重要作品。在小说中，女主人公历尽磨难，先是被强盗掳走，后被他人卖掉，但她始终没有放弃寻父的目标。　在寻找与放弃、坚强与脆弱之间，她坚决选择了前者，抛弃后者。　这也可看作一部有关生存意志力的生命寓言。　不过，许地山对现实的观察、表达，不同于肤浅的写实派，而每每趋于复杂、深厚。

图书在版编目(CIP)数据

春桃/许地山著;吴义勤主编. —郑州:河南文艺出版社,
2018.8

(百年中篇小说名家经典/何向阳总主编)

ISBN 978-7-5559-0641-4

I.①春… Ⅱ.①许…②吴… Ⅲ.①中篇小说-小说集-中国-
现代 Ⅳ.①I246.5

中国版本图书馆 CIP 数据核字(2017)第 309637 号

选题策划	陈 杰 杨彦玲
责任编辑	李亚楠
书籍设计	刘运来
责任校对	陈 炜

出版发行	河南文艺出版社
本社地址	郑州市鑫苑路 18 号 11 栋
邮政编码	450011
售书热线	0371-65379196
承印单位	河南瑞之光印刷股份有限公司
经销单位	新华书店
开 本	787 毫米×1092 毫米 1/32
印 张	6.25
字 数	108 000
版 次	2018 年 8 月第 1 版
印 次	2018 年 8 月第 1 次印刷
定 价	23.00 元

印厂地址 河南省武陟县产业集聚区东区(詹店镇)泰安路

邮政编码 454950 电话 0391-2527860